AtV

Die niederländische Autorin CARL FRIEDMAN, geboren 1952 in Eindhoven, lebte lange Zeit in Belgien. 1991 debütierte sie mit »Vater« (AtV 1997). 1993 erschien »Zwei Koffer« (AtV 1998). Das im jüdischen Milieu Antwerpens spielende Buch beweist einmal mehr die erzählerische Meisterschaft der Autorin. Die beiden überaus erfolgreichen Bücher wurden inzwischen verfilmt.

Seit sie den Namen ihrer Krankheit kennt, verschanzt sie sich hinter Büchern. Es sind immer wieder andere, doch alle erfüllen den gleichen Zweck. »Jedes Buch steht in ihren Händen wie ein Wappenschild. Sie liest, weil sie den Tod aus dem Feld schlagen will.« Die Tochter erzählt diese letzten Tage ihrer sterbenden Mutter. Abwechselnd mit dem Bruder wacht sie am Krankenlager und erträgt die verzweifelten Tyranneien, Beleidigungen und Ängste. Hinundhergerissen zwischen verunsicherter Liebe, Trauer und Wut über die Unentrinnbarkeit dieser Situation nimmt sie Abschied. »Verweilen bei Bette« wird zu einem Eingestehen eigener Distanzen gegenüber vertrauten Personen und führt zu der bitteren Erkenntnis, daß der Tod der Mutter auch das Ende der Familie einleitet.
In »Der graue Liebhaber« bezaubert die liebevolle Beschreibung des uralten Gerschom, der sich einem Esel zuwendet, weil er diesen als den Juden unter den Tieren erkennt. Die dritte Erzählung »Heiliges Feuer« schildert fernab von jedem Klischee den religiösen Fanatismus eines Jungen, der im vermeintlichen Auftrag Gottes einen Palästinenser tötet.

Carl Friedman

DER GRAUE LIEBHABER

Erzählungen

Aus dem Niederländischen
von Christiane Kuby

Aufbau Taschenbuch Verlag

Die Originalausgabe *De grauwe minnaar* erschien 1996 bei Uitgeverij G. A. van Oorschot, Amsterdam.

ISBN 3-7466-1427-9

1. Auflage 2001
Aufbau Taschenbuch Verlag GmbH, Berlin

Umschlaggestaltung Torsten Lemme
unter Verwendung einer Illustration von Antje Kahl, Peix
Druck Elsnerdruck GmbH, Berlin
Printed in Germany

www.aufbau-taschenbuch.de

DER GRAUE LIEBHABER

Aus der Gemeinschaft der Menschen wurde er verstoßen,
Und sein Herz wurde dem der Tiere gleich,
Und bei den Eseln mußt er hausen.

Daniel 5,21

ALS HANNA KATZ fast ein Jahrhundert alt war, kehrte sie diesem Leben den Rücken. Sie wusch sich, zog das Totenkleid an, das sie im Wäscheschrank aufbewahrte, und streckte sich auf ihrem Bett aus. Mit geschlossenen Augen sang sie das Adon Olam *(In Seine Hand übergebe ich meinen Geist, wenn ich mich schlafen lege).* Das ereignete sich am hellichten Tag. Die Sonne, die durchs Fenster hereinschien, wollte Hanna von ihrem Vorhaben abbringen, indem sie ihre dünnen grauen Wimpern kitzelte, aber Hanna ließ sich nicht erweichen. Wer nach hundert Jahren noch nicht weiß, was er will, der wurde umsonst geboren. Hanna wußte, was sie wollte. Sie starb, und damit hatte es sich. Als die Frauen des kleinen Beerdigungsvereins von Slomniki eintrafen, lag sie so frisch da, als könnte jeden Augenblick der Messias kommen und als lohnte es sich daher eigentlich nicht, ihren Körper, der dann auferstehen und tanzen würde, zu bestatten.

Ihr Mann Gerschom hatte die Hundert um so viele Jahre überschritten, daß ihm ihre genaue Zahl entfallen war und es auch nichts mehr zur Sache tat. In seinem langen Leben hatte er große und kleine Pogrome, zwei polnische Aufstände und einen Weltkrieg überlebt. Er hatte als Müllersknecht und als Sattler, als Kesselflicker und als Lastträger gearbeitet. Er wußte, daß des Menschen Wege noch unergründlicher als die Gottes sind, aber er hatte sich nie darüber beklagt, genausowenig wie ein Hund sich über seinen Schwanz beklagt. Jeden Morgen hatte er in der Dorfsynagoge seine Gebete gesprochen, jeden Abend in der Dorfschenke zuviel Branntwein getrunken und phantastische Geschichten erzählt. Er hatte sich, mit einem Wort, den Spruch des Predigers zu Herzen genommen, der da heißt: »Sei nicht allzu gerecht und nicht allzu weise, damit du dich nicht zugrunde richtest.«

Nachdem Hanna auf ihre eigensinnige Art gegangen war, mußte sich Gerschom in dem Haus am Rande des Dorfes allein behelfen. Einen Fuß vor den anderen setzend, schlurfte er über den Hof, während seine Krücke unter dem Gewicht seines rechtwinklig verwachsenen Rückens knarrte. Er tat nichts Bemerkenswertes. Er wechselte ein paar Worte mit einer Eidechse, die sich an der Sommerhitze wärmte. Er schmunzelte über ein paar Hühner, die sich um eine Kartoffelschale zankten. Er schaute zum blauen Himmel auf und lauschte dem Zirpen der Grillen mit der Hingabe eines Menschen, der sich nie mehr zu beeilen braucht. Sorgen hatte er nicht. Wenn es einen Juden juckt, dann finden sich sofort zwanzig andere zum Kratzen ein.

Die Dorffrauen buken abwechselnd Brot für ihn; Jankel, der Schächter, legte etwas auf die Seite, und Schlojme, der Hausierer, versorgte ihn bald mit einem Pfund Zucker, bald mit einem Stück Seife oder einem neuen Glühstrumpf für seine Öllampe. Alles war bestens geregelt.

Doch gegen Ende des Monats Tischri, einige Tage nach dem Freudenfest der Thora, wurde der Landstrich von einem frühen Winter überfallen. In einer einzigen Nacht blies ein Sturm alles Laub von den Bäumen. Tags darauf bedeckte eine dicke Eisschicht die Fenster. An den Dachrinnen, in denen vor nicht allzu langer Zeit noch Spatzen genistet hatten, funkelten Eiszapfen wie Stoßzähne. Dann begann es zu schneien, mit kleinen, spitzen Flocken, die ihre Stacheln in die Haut von Mensch und Tier bohrten. Schon bald trugen die Kirchtürme, die Häuser und die Tannen auf den Hügeln rund um Slomniki eine dicke weiße Mitra. Gerschom litt unter der Kälte. Hilfsbereite Nachbarn hackten Holz und heizten ihm den Ofen, aber kaum waren sie fort, da ließ er das Feuer ausgehen. Und das Feuer war nicht das einzige, was er vergaß. Auch die Hühner vernachlässigte er. Sie fielen, eins nach dem andern, im schneebedeckten Stall tot von der Stange. Schließlich vergaß Gerschom sich selbst. Abend für Abend legte er sich in den Kleidern schlafen, in denen er am Morgen aufgestanden war, bis ihm selbst das Aufstehen zu mühselig wurde. Als eine der Dorffrauen das Brot ihrer Vorgängerin unangerührt und Gerschom bewegungslos antraf, schlug sie Alarm.

Rabbi Jehuda Zipkin wurde herbeigeholt. Er war die richtige Person dafür, denn er verband die Weisheit des gelehrten und frommen Mannes mit dem entschlossenen Auftreten des Bauern. In seinem beschneiten Mantel stiefelte er geradewegs auf das Bett zu, in dem sich unter Lappen und einem von Motten zerfressenen Schafsfell Gerschoms krumme Gestalt abzeichnete. Mit einer einzigen Handbewegung setzte der Rebbe ihn dem Tageslicht aus, doch Gerschom blieb still liegen, wie ein Kind, das sich schlafend stellt.

»So geht es nicht weiter!« sprach der Rebbe. »Du stinkst wie ein Topf schlecht gewordener Bohnensuppe. Soll es dir etwa wie Hiob ergehen, der schon zu Lebzeiten von Würmern bedeckt war?«

»Stank Hiob nach schlecht gewordener Suppe?« flüsterte Gerschom. »Das höre ich zum ersten Mal.« Er öffnete die Augen. Tränen standen darin – die einzige Flüssigkeit, die bei dieser Temperatur nicht gefror.

Rabbi Jehuda seufzte. Andere ältere Leute zogen, oft noch ehe sie hilfsbedürftig geworden waren, zu ihren Kindern, doch die beiden Söhne, die Hanna geboren hatte, waren tot zur Welt gekommen. Verwandte hatte Gerschom nicht mehr, der letzte, ein Vetter väterlicherseits, war während des Aufstands im Jahre 1863 von den russischen Behörden verhaftet worden und in der Gefangenschaft gestorben.

Noch am selben Nachmittag trafen sich die jüdischen Dorfbewohner, um über die Angelegenheit von Gerschom Katz zu beratschlagen.

»Meine Tochter Mirjam kann mittags den Fußboden wischen, die Wäsche waschen und für ihn kochen«, schlug Jankel der Schächter vor.

Der Rebbe schüttelte den Kopf. »Das reicht nicht. Gerschom braucht jemanden, der sich Tag und Nacht um ihn kümmert, sonst nimmt es ein schlechtes Ende mit ihm. Um ein Unheil zu verhüten, müßte deine Tochter bei ihm einziehen, aber das verstößt gegen das Gesetz. Eine unverheiratete Frau darf nun mal nicht mit einem Mann unter einem Dach wohnen.«

»Gerschom ein Mann?« spottete der Schächter. »Er ist so alt wie Methusalem!«

»Alte Männer sind nicht vom Gesetz ausgenommen«, sagte der Rebbe, »und das ist auch gut so. Methusalem war hundertsiebenundachtzig, als er Lemech zeugte.«

»Und Lemech zeugte Noah, und Noah war fünfhundert Jahre alt, als er Sem zeugte«, sagte der Schächter augenzwinkernd. »Es würde mich interessieren, wie sie das in dem Alter geschafft haben. Sie hatten keinen einzigen Zahn mehr im Mund!«

Darauf sprang Golek der Bäcker auf. Er hielt es für angebracht, den Schächter daran zu erinnern, daß der Mensch sich nicht mit dem Gebiß fortpflanzt.

»Zum Glück«, antwortete Jankel, »denn sonst

wären die Juden von Slomniki schon längst ausgestorben. An deinem sogenannten frischen Brot beißt man sich ja die Zähne aus!«

Die Anwesenden lachten, doch als die Diskussion allzu lebhaft zu werden drohte, schlug Rabbi Jehuda mit beiden Händen auf den Tisch. In der nun einsetzenden Stille trat Sam Petscher vor. Zum Erstaunen aller erklärte er sich bereit, den alten Gerschom in sein Haus aufzunehmen. Aber, so fügte er hinzu, er tue es nicht für nichts. Gerschom müsse seine Habe versteigern und den Erlös, im Tausch gegen Unterkunft und Verpflegung, ihm überlassen.

Sam Petscher wurde viel Schlechtes nachgesagt, und kein Wort davon war erlogen. Jawohl, er hatte ein so häßliches Gesicht, daß er von den polnischen Bauern in der Umgebung für einen der Ihren gehalten wurde. Jawohl, er war ein Dummkopf und so randvoll von Dummheit, daß seine blassen Augen davon schier überquollen. Jawohl, er war ein Geizkragen. Kein Bettler aß am Sabbat an seinem Tisch mit. Und jawohl, er fluchte wie ein Kosak. Ins Bethaus ging er nie, auch nicht am Großen Versöhnungstag, wenn selbst verstockte Sünder durch die Töne des Schofars zur Einkehr gebracht werden.

Sam wohnte in einem Haus, dessen Dach sich durchbog und dessen Mauern Risse hatten. Es bestand aus einem einzigen Raum, den er notgedrungen mit einer mageren Kuh, einem Ziegenbock, einigen Hühnern und mit seiner Frau Rechel teilte, die für ihn zur selben Ordnung wie das Vieh gehörte. Während um ihn herum sich jeder nützlich machte, rührte Sam keinen Finger. Die Hühner legten Eier, die Kuh gab Milch, und Rechel flocht Körbe aus Weidenruten. Sogar das Stückchen Ackerland, das sie besaßen, war produktiver als er, denn es lieferte Zwiebeln, Rüben und anderes Gemüse. Das einzige, was Sam züchtete, war Sitzfleisch, und das bildete sich von selbst.

Nur einmal die Woche, donnerstags, setzte er sich in Bewegung. Dann ließ er sich in aller Frühe von Rechel wecken. Im Dunkeln löffelte er einen Teller lauwarmer Grütze leer, trieb dann den Ziegenbock mit einem Fußtritt hinaus und spannte ihn vor den Karren, den Rechel mit Milch, Eiern, Gemüse und Körben beladen hatte. Neben dem Bock trottete Sam murrend zum Dorfmarkt. Seine Laune wurde erst besser, wenn er seine Ware an den Mann gebracht hatte und sich in der Schenke vollaufen lassen konnte. Nach Mitternacht machte er sich auf den Heimweg. Aber jetzt thronte er selber wie ein gewaltiger Mehlsack auf dem Wagen, denn warum sollte er es einem Bock, der auf seine Kosten lebte, leicht machen? Kläglich meckernd stolperte das Tier mit seiner schweren Fracht über die Dorfstraße, während die Räder quietschten und Sam laut vor sich hin lallte. Mancher Dorfbewohner, den der Krach aus dem Schlaf gerissen hatte, seufzte: »Es ist wieder soweit. Der Bock zieht das Schwein.«

Sam Petscher befaßte sich nur mit Sam Petscher.

Um andere kümmerte er sich nicht im geringsten. Aber kaum hatte er in der Schenke erzählen hören, der Rebbe suche einen Betreuer für Gerschom Katz, als in seinem Schädel ein Plan Gestalt anzunehmen begann.

»Wir bekommen einen Kostgänger«, sagte er am anderen Tag, als er aus seinem Rausch erwachte, zu Rechel.

Die stand gerade am Herd und rührte heftig in einem Topf dampfender Rübensuppe. »Wie meinst du das, einen Kostgänger?« fragte sie argwöhnisch, während sie sich mit dem Ärmel die Spritzer von den Backen wischte.

»Genau so, wie ich es sage«, gähnte Sam, der keine Anstalten machte aufzustehen. »Einen Kostgänger, jemand, der hier schläft und ißt.«

»Wozu müssen wir noch einen Kostgänger einquartieren?« meinte Rechel verächtlich. »Mir scheint, daß du mehr als genug ißt und schläfst. Du willst mir doch nicht erzählen, daß du dabei Hilfe brauchst?« Sie schmiß den Deckel auf den Topf und stemmte ihre Arme in die Seite. »Der Herr ist noch zu lahm, um seine eigenen Läuse zu knacken. Der Herr liegt den ganzen Tag im Bett und läßt sich füttern und bewässern. Er hat Ansprüche wie ein Prinz.« Mit vor Schweiß und Spott glänzendem Gesicht verbeugte sie sich. »Seine Hoheit Prinz Radziwil Dickarsch, zu Diensten! Wenn ich ihm nicht jeden Abend die Stiefel auszöge, würden sie mit seinen Füßen verwachsen! Das Dach bricht aus lauter Elend über ihm zusammen. In der einen Ecke flattern die Hühner herum, in der anderen brüllt die Kuh, aber der Herr will noch einen Kostgänger ins Haus holen. Gott weiß, wo ich das Geld hernehmen soll, um noch so einen Faulenzer zu mästen!«

Sam räusperte sich ungerührt, richtete sich halb auf und spuckte auf den Fußboden. Dann ließ er sich mit einem Plumps wieder zurückfallen. »Es ist nicht irgendein Kostgänger«, sagte er, »es ist der krumme Gerschom. Der ißt nicht viel, der ist so gut wie tot. Und da Mildtätigkeit eine schwere Arbeit ist, lassen wir ihn dafür zahlen, versteht sich.«

»Was habe ich davon«, rief Rechel, »der einzige, der von unserem Geld reich wird, ist der Schankwirt!« Grimmig steuerte sie auf ihn zu. »Wer melkt denn hier die Kuh? Ich! Wer unterhält das Feuer, macht das Haus sauber? Wer schneidet Weidenruten und flicht Körbe? Wer bestellt den Acker? Ich! Und wer schmeißt den Verdienst zum Fenster hinaus? Das ist unser feiner Herr, denn unser Herr säuft wie ein Loch. Wenn er nachts bewußtlos nach Hause kommt, muß ich wie ein Dieb im Dunkeln in seinen Taschen herumstöbern. Und ich darf dem Himmel danken, wenn ich eine Handvoll Groschen finde!«

»Daran ist der Bock schuld«, sagte Sam beleidigt. »Du würdest auch eine trockene Kehle kriegen, wenn du dich mit diesem gebrechlichen Biest ins Dorf schleppen müßtest. Der Bock hat ausgedient. Er kann nicht mehr mithalten. Alle Kaufleute auf dem Markt machen sich über ihn lustig.«

»Über den Bock oder über dich?« höhnte Rechel.

Aber Sam schlug die Arme um ihre Schenkel, so daß sie das Gleichgewicht verlor und über ihn auf das Bett fiel. »Ach, Rechele, Rechele, wie bist du doch so hartherzig«, sagte er. »Und gerade jetzt, wo ich die Absicht habe, mich zu bessern und einen Esel zu kaufen.« Er drückte seine Lippen auf ihren mageren Hals.

Rechel, die seit Jahren nicht mehr von ihm angerührt worden war, außer wenn er ihr eine Tracht Prügel verabreichte, kicherte geschmeichelt. »Warum einen Esel?«

»Weil ein Esel mehr ziehen kann als ein Bock. Mit einem Esel vor dem Wagen komme ich viel rascher ins Dorf.«

»Ohne daß dir die trockene Kehle Ärger macht?«

Er nickte. »Wenn ich einen Esel hätte, bräuchtest du nie mehr in meinen Taschen zu wühlen. Wir hätten genug Geld, ich würde mit unserer Ware bis nach Miechowki und Proszowice fahren. Ein Pferd wäre natürlich noch schöner, aber auch teurer im Unterhalt. Um einen Esel braucht man sich nicht zu kümmern. Der frißt Abfall und Disteln. Mit einem Lederkummet vorne und einem festen Peitschenhieb hinten ist ein Esel auch ein Pferd.«

Aus einer plötzlichen Anwandlung heraus schob er Rechels Rock hoch, aber als er ihre bleichen, knochigen Beine sah, wandte er ihr den Rücken zu.

Kurz darauf schnarchte er schon wieder vor sich hin.

Sobald Gerschom bei den Petschers eingezogen war, machte sich Sam auf, einen Esel zu kaufen. Gegen Abend kehrte er auf dem Rücken eines jungen schiefergrauen Eselhengstes zurück; zu durchgefroren, um noch fluchen zu können. Der vorige Besitzer hatte offensichtlich gut für das Tier gesorgt, denn alles an ihm glänzte, bis hin zu Halfter und Gebißstange. Es zeigte keine Spur von der dumpfen Gleichgültigkeit, mit der sich so viele seiner Artgenossen, durch jahrelange Mißhandlung abgestumpft, in ihr Schicksal ergeben. Im Gegenteil, dieser Esel war nicht einer, der sich in welches Schicksal auch immer fügte. Sogar in dem düsteren Haus der Petschers peitschte er energisch mit dem Schwanz hin und her. In seinen Augen leuchtete das Temperament wilder nubischer Vorfahren. Er schrie denn auch häufig. Mit erhobenem Kopf und zurückgelegten Ohren entblößte er seine Zähne. Dann zog er, pfeifend wie ein ausgeleierter Blasebalg, durch seine faltige Nase die Luft ein, um sie mit einem tiefen Kehllaut wieder auszustoßen, und zwar so gründlich, daß die Stimmbänder dabei zu reißen drohten. Aber das geschah nie, denn auf jeden Schrei folgte ein neuer, der noch falscher und triumphierender klang.

Die anderen Tiere lebten wieder auf. Die Hühner legten mit größerer Hingabe Eier, die Kuh gab täglich zwei volle Eimer Milch, und der alte Bock vollführte, immer wenn der Esel iahte, so etwas wie einen Sprung. Aber keine Sprünge vermochten ihn zu retten. Er wurde zum Schächter gebracht, von wo er als Braten zurückkehrte.

Aus dem Fell schnitt Rechel für Sam ein paar Gamaschen. Wie versprochen kutschierte er mit dem Esel vor dem Wagen auf die umliegenden Märkte. Aber länger als einige Wochen hielt er es nicht durch. Als der Reiz des Neuen verflogen war, lag er wieder jeden Tag außer donnerstags auf dem Bett, wo er, eine Flasche Slibowitz griffbereit neben sich, sein Möglichstes tat, Rechel davon zu überzeugen, daß ihr Kostgänger dringend zur Arbeit angehalten werden müßte.

Sie äußerte Zweifel.

»Hast du ihn dir schon einmal genau angesehen?« flüsterte sie und zeigte auf Gerschom. »Seine Hände zittern wie der Fischpudding meiner Mutter, möge ihr Andenken uns Segen bringen, und es knackt in allen seinen Gliedern. Außerdem hat er nicht mehr alle Tassen im Schrank.«

Sam tat ihre Einwände mit einer Handbewegung ab. »Er hat einfach zu wenig Übung«, sagte er lässig. »Die Untätigkeit macht ihn steif und träge. Wir müssen ihm etwas zu tun geben: die Kuh melken, den Esel striegeln, Wasser holen. Das ist unsere Nächstenpflicht.«

Rechel machte ein bedenkliches Gesicht. »Bist du sicher? Er kann kaum laufen, er ist so krumm wie ein Winkelmaß.«

»Gerade deshalb!« erklärte Sam. »Er wächst stets weiter vornüber. Wie soll er jemals bestattet werden? Er paßt in keinen Sarg! Wenn wir ihn seinem Schicksal überlassen, geht ihm das ewige Leben durch die Lappen.«

»Glaubst du, daß wir ihn wieder gradekriegen?«

»Nein«, sagte Sam, »kerzengerade wird er nicht mehr, das ist zuviel verlangt, aber wir können ihn ein schönes Stück zurechtbiegen. Ein bißchen körperliche Anstrengung wirkt Wunder.« Er grinste, so daß man seine verfaulten Zähne sehen konnte. »Du gönnst ihm doch auch ein anständiges Begräbnis, oder etwa nicht?«

Rechel kniff ihre Augen zu einem schmalen Spalt zusammen. »Schon«, sagte sie zögernd. Und dann, aus dem Grund ihres Herzens: »Je eher, je lieber!«

Die Petschers machten Ernst mit der Nächstenpflicht. Sie schenkten Gerschom so viel körperliche Bewegung, daß er voll ausgelastet war. Morgens im Dunkeln weckte ihn die Kuh mit ihrem Muhen wie eine Fabriksirene auf. Schlaftrunken kroch er zum Fußende seines Strohsackes, wo er sich mit steifen Fingern die Kleider und die Schuhe anzog. Während die Kuh immer weiter brüllte, machte er Licht. Aus dem Kessel auf dem kalt gewordenen Ofen schöpfte er Wasser, mit dem er sich die Hände und das Gesicht wusch. Anschließend stimmte er das Morgengebet an: *Ich danke dir, lebendiger und unwandelbarer Gott, der du mir beim Erwachen meine Seele zurückgegeben hast.*

Im Bett auf der anderen Zimmerseite entstand

Tumult. Sam fing lauthals an zu schreien, um den Lärm der Kuh und Gerschoms Gesang zu übertönen. »Ist es nicht an der Zeit, einen Eimer unter das Vieh zu schieben?« brüllte er drohend. »Wenn du noch länger über dein Seelenheil meckerst, gibt die Kuh keine Milch, sondern Essig!« Daraufhin schlief er schimpfend wieder ein.

Gerschom hockte sich neben die Kuh und begann mechanisch am Euter zu ziehen. Während die Milch in rhythmischen Strahlen den Eimer füllte, dachte er nach. Er wußte nicht, wie und warum er in dieses fremde Haus gekommen war, aber er begriff, daß seine Gastgeber es nicht gut mit ihm meinten. Sie ließen ihn das Ofenholz schleppen und Mist räumen. Er mußte sogar auf den Knien den Steinboden mit Gallenseife scheuern. Sie trieben ihn von morgens bis abends an, und er wagte nicht zu protestieren. Er war ihren Launen ausgeliefert. Denn Gott liebt den Schwachen sehr, aber er hilft dem Starken.

Manchmal kratzte Gerschom mit dem Fingernagel etwas Eis vom Fenster, so daß er hinausschauen konnte. Weiß wie ein Leichentuch bedeckte der Schnee die Felder. Er beneidete Hanna, die sorglos unter der Erde lag und auf die Stunde wartete, da der Messias kommen würde und die Berge von süßem Wein überflössen.

Der Esel hatte es noch schwerer. Da das Tier kaum auf die Peitsche reagierte, hatte Sam einen an einem Ende zugespitzten Eisenstock gekauft, den

Eseltreiber gebrauchen, um widerspenstige Tiere zu lenken. In Sams Fäusten wurde dieses Instrument zu einer lebensgefährlichen Waffe, die er abwechselnd als Speer und als Knüppel benutzte.

Anfangs schlug er den Esel nur donnerstags und nur, wenn er einen Grund hatte. Rechel gegenüber beklagte er sich über die Halstarrigkeit des Tieres, das auf dem Weg zum Dorf stocksteif stehenblieb. »Es ist immer das gleiche Lied. Der Kirchturm ist noch lange nicht zu sehen, und jawohl, das Miststück frißt in aller Gemütsruhe aus dem Hafersack!« sagte er, um die blutigen Striemen auf dem Rücken des Esels zu rechtfertigen.

Aber es gibt nichts, woran sich Hände so rasch gewöhnen wie an das Schlagen. Nach einiger Zeit benötigten Sams Hände keinen triftigen Grund mehr, um draufloszudreschen. Der geringste Anlaß genügte. Das eine Mal bekam das Tier Prügel, weil es zu ungestüm mit den Hufen scharrte, das andere Mal, weil es nach Sams Dafürhalten zu dumpf aus den Augen schaute. Bald fraß es zu gierig, bald nicht gierig genug. Eine falsche Bewegung reichte aus, um Sam in helle Wut zu versetzen.

Sobald er den Stock hervorholte, stieß der Esel einen entrüsteten Schrei aus. »Nun siehst du es selber!« rief Sam über die Schulter Rechel zu. »Der Grindkopf lacht mich einfach aus! Aber das Lachen wird ihm noch vergehen, das verspreche ich dir!«

Es gibt Menschen, die aus Langeweile an den Nägeln kauen oder in den Ohren bohren. Sam Petscher rückte, wenn er gerade nichts zu tun hatte, seinem Esel zu Leibe.

Im Monat Schewat, nachdem die polnischen Bauern mit viel Glockengeläute Weihnachten und Silvester gefeiert hatten, schneite es immer noch. Nadelscharfe Flocken stürzten sich in einer ununterbrochenen Offensive auf das Dorf, das allmählich von der Welt abgeschnitten wurde. Die Juden von Slomniki verstanden nicht, wo all der Schnee herkam.

Als sie Rabbi Jehuda danach fragten, zuckte er die Schultern. »Auch der Allmächtige macht sich bisweilen der Übertreibung schuldig«, meinte er. »Preist euch glücklich, daß er dafür Schnee ausgesucht hat, es hätte schlimmer kommen können, denkt nur an Sodom und Gomorrha.«

Diese Vorstellung schreckte sie jedoch nicht, im Gegenteil. Viele hatten ihren Holzvorrat nahezu verbraucht und hätten durchaus nichts gegen Schwefel- und Feuerregen einzuwenden gehabt.

Mit der Zeit wurden die Menschen schweigsam und in sich gekehrt, als ob es nicht nur draußen schneite, sondern auch in den eigenen vier Wänden, zwischen Mann und Frau, zwischen Mutter und Kind. Gerschom Katz schienen alle vergessen zu haben. Sogar aus dem Gedächtnis des Rebben war er verschwunden: Jede Spur des alten Mannes hatte der Schnee anscheinend ausgelöscht.

Die jüdische Gemeinschaft von Slomniki war nicht sehr wohlhabend und nicht groß. Im ganzen zählte sie noch nicht einmal hundert Seelen. Die meisten von ihnen wohnten in den Gassen um den Marktplatz herum, da sich dort das Bethaus und die Schule befanden. In unansehnlichen Läden, wo es zu jeder Jahreszeit nach Meltau roch, brachten sie ihre armseligen Handelsgüter an den Mann. Der eine verkaufte Fisch, ein anderer Eisenwaren. Es gab einen Schneider, der hauptsächlich verschlissene Hosen und Kaftane flickte. Es gab einen Zimmermann, der aus zwei morschen Fensterläden sehr geschickt eine morsche Schulbank anzufertigen verstand. Und es gab diejenigen, die verschiedene Handwerke ausübten, wie den Buchbinder, der sich zugleich als Vorsänger und Amulettschreiber betätigte.

Die Petschers hingegen wohnten abseits. Zusammen mit einigen anderen jüdischen Familien lebten sie am Rand des Dorfes, noch hinter der Wassermühle. Die Häuser lagen zusammengewürfelt am Fuße eines Hügels. Ein Stückchen weiter weg befand sich eine gemeinschaftliche Latrine, ein kleiner Holzschuppen über einer Senkgrube, der ›das Stinkhaus‹ genannt wurde. Über der Grube lag ein Brett, das zwei Leuten Platz bot, aber selten von mehr als einer Person besetzt war. Wer das Stinkhaus verließ, der hatte immer Eile, im Sommer, um den Fliegen, und im Winter, um der Kälte zu entkommen. Wer es aufsuchte, rannte noch schneller, denn einen Besuch des Stinkhauses zögerte man bis zum allerletzten Augenblick hinaus. Begegnungen in der Nähe der Latrine hatten einen flüchtigen Charakter, sogar wenn zwei Leute an der Tür aufeinanderstießen, beide mit der Hose auf Kniehöhe. Ihre Schicksalsgemeinschaft war nur augenscheinlich, da sich die eine Hose auf dem Weg nach oben und die andere auf dem Weg nach unten befand.

Hinzu kam, daß das Stinkhaus wie kein anderer Ort als das Versteck von bösen Geistern galt. Dämonen und Dibukim der unterschiedlichsten Art paßten in der Grube die günstige Gelegenheit ab, um in den Körper eines Lebenden einzudringen, was unter den gegebenen Umständen eine Kleinigkeit war. Alle im Dorf kannten die Geschichte von Motke Fiedler, der, nachdem er an einem warmen Nachmittag die Latrine aufgesucht hatte, statt Jiddisch plötzlich eine Art feierliches Polnisch zu reden anfing. Zum Schrecken seiner Frau und seiner Kinder schlug er vor dem Abendessen drei Kreuze, und um die Schlafenszeit ging es ihm so schlecht, daß er einen Kopfstand machte und lateinische Choräle sang. Es stellte sich heraus, daß sein Körper von dem Geist eines mittelalterlichen Bischofs aus Poznań in Besitz genommen worden war, der in seinem Leben so viel gesündigt hatte, daß seine Seele fast fünfhundert Jahre nach seinem Tod noch immer keine Ruhe fand. Sobald dieser Geist entdeckte, daß er versehentlich in einen Juden geschlüpft war, suchte er in rasender Fahrt durch

Motkes Nase das Weite, was zur Folge hatte, daß dieser seitdem nichts mehr riechen konnte, nicht einmal Meerrettich oder Zimt.

Ist es wahr, daß jeden das Schicksal ereilt, das er verdient, und daß die himmlischen Mächte dafür nicht nur den richtigen Zeitpunkt auswählen, sondern auch den geeignetsten Ort?

An einem Morgen des Schewat wurde ungeduldig an den Fensterläden der Petschers gerüttelt. Im Halbschlaf ging erst Gerschom, danach auch Rechel nachschauen, was der Lärm zu bedeuten habe. Es war noch dunkel, aber der Mond warf einen blauen Schein auf den Schnee. Draußen stand keuchend der Nachbar Faibesch in seiner langen Unterwäsche. Dampf kam aus seinem Mund. Er hielt eine Laterne in der Hand, deren Flamme ruhelos auf und ab flackerte. Der Bart wehte ihm ins Gesicht. Verwildert zeigte er in die Richtung der Latrine. »Es ist Sam!« stammelte er.

»Was ist mit Sam?« fragte Rechel erschrocken und zog ihr Umschlagtuch bis zum Kinn hoch.

Faibesch schnappte nach Luft. »Er sitzt tot im Stinkhaus.«

Mühsam, wie auf Storchbeinen, stelzten Rechel, Faibesch und Gerschom durch eine hohe Schneewehe zur Unglücksstätte. Die Tür, die sich Faibesch kurz zuvor vor Entsetzen aus der Hand hatte wehen lassen, stand weit offen. Drinnen saß regungslos Sam, mit ein wenig geöffneten fleischigen Schenkeln, die Hose um die Knöchel. Sein runder Schädel, in dem die Augen geschlossen und die Lippen violett angeschwollen waren, hing zur Seite.

Unverzüglich brach Rechel in Wehklagen aus, wobei sie sowohl ihre verstorbene Mutter wie den Allmächtigen anrief. In den umliegenden Häusern wurden Lichter angezündet. In ihren über die Nachthemden geworfenen Kleidern und Schals kamen die Bewohner nach draußen. Es herrschte Verwirrung. Jemand bedeckte Sams entblößten Unterleib mit einem Schafsfell. Während einige Männer in den Schnee spuckten, um die Dämonen fernzuhalten, klagten die Frauen mit Rechel im Chor. Aber ihr melodisches »Oj wej, oj wej« verstummte abrupt, als ein Junge schrie, er habe Sam blinzeln sehen. Es wurde gespenstisch still. Faibesch hielt seine Laterne hoch und tat einen Schritt nach vorne. Mit seiner freien Hand schüttelte er vorsichtig die Schulter des Toten. Der richtete einen glasigen Blick auf ihn und ächzte. Die kleine Versammlung stob auseinander.

»Er atmet noch«, rief Faibesch, »er atmet noch!«

Und wahrhaftig, Sam Petscher weilte noch unter den Lebenden. Als er in tiefster Nacht im Delirium aus dem Wirtshaus zurückgekehrt war, hatte die Kälte im Stinkhaus ihn benommen gemacht, und sein Hinterteil war an dem Brett festgefroren.

Hier und da hörte man Gekicher. Während Rechel noch immer jammerte, liefen die Leute in ihre Häuser und holten heißes Wasser. Sieben Töpfe und

Kessel wurden über Sams Unterleib ausgeleert. Danach konnte man ihn aufheben und forttragen.

Die Nachricht verbreitete sich wie ein Lauffeuer im Dorf.

»Hast du schon gehört?« fragte ein Jude den anderen.

»Was?«

»Sam Petscher muß das Bett hüten!«

»Hat er denn jemals in seinem Leben etwas anderes getan?«

Auch die Bauern auf dem Markt machten sich über ihn lustig. Ein normaler Mensch, so riefen sie einander aus ihren Buden zu, wäre in einer solchen Nacht auf der Latrine gewiß erfroren. Aber bei Sam hätten auch zwanzig Jahre nicht ausgereicht, denn in seinen Adern fließe hundertprozentiger Alkohol.

Nur die Petschers lachten nicht. Sam konnte sich kaum bewegen. Hinten war er vereist und vorne vom heißen Wasser verbrannt. Stöhnend lag er bald auf der einen, bald auf der anderen Seite. Zweimal am Tag drehte er sich auf den Bauch, so daß Rechel einen lindernden Umschlag auf sein Gesäß legen konnte. Sie tat es gemessen und stumm. Seit dem Vorfall im Stinkhaus weigerte sie sich, mit Sam zu sprechen. Er mochte fluchen oder flehen, es kam kein Wort über ihre dünnen Lippen. Sie konnte ihm nicht verzeihen, daß er sie zum Gespött der Leute gemacht hatte.

Der Esel, der in der Nacht des Unheils Reißaus

genommen hatte, war schon am nächsten Nachmittag wiedergefunden worden. Er trabte ganz durchgedreht über den zugefrorenen Fluß. Der Wagen war bis zum Rand mit Schnee gefüllt und rumpelte hinter ihm her. Zwei Nachbarn lieferten ihn abends bei den Petschers ab. Vor der Tür des verhaßten Hauses stellte er sich auf die Hinterbeine, aber schließlich gelang es Gerschom, ihn mit Kandiszucker und beruhigenden Worten über die Schwelle zu locken.

Von den vier Fenstern waren drei durch den strengen Frost aus ihrer Nut gesprungen, und sie waren zugenagelt worden, so daß die Kammer in ein Halbdunkel getaucht war. Auf dem Tisch brannte tagsüber eine Petroleumlampe, deren Docht bei jedem Windzug stinkend qualmte.

Sam bekam Wundfieber. Abwechselnd keuchte er vor Hitze und klapperte vor Kälte mit den Zähnen. Wenn die Hühner mit ihren Flügeln Schatten an die Wand warfen, schlug er die Hände vors Gesicht und murmelte, Asmodai sei auf Adlerschwingen gekommen und wolle ihn fortschleppen nach Gehenna.

Rechel, zu beschämt, um sich an den Rebben zu wenden, bat die schielende Kascha, eine polnische Hexe, die bei den Bauern in hohem Ansehen stand, um Hilfe. Sie konnte nicht nur wahrsagen und Träume deuten, sondern auch das Vieh vom Koller und Menschen von bösen Geistern heilen.

Am frühen Nachmittag klopfte sie bei den Petschers an. Um die alte Frau milde zu stimmen, gab

Rechel ihr eine Kumme Kartoffelsuppe, die sie im Stehen ausschlürfte. Über den Gefäßrand musterte ihr rechtes Auge inzwischen den Kranken, während das schielende linke durch die Kammer spähte.

Aus einer ihrer Taschen kramte sie eine Handvoll Schafsknöchelchen hervor, die sie Sam vor den Mund hielt. »Blasen!« kommandierte sie. Er schnappte nach Luft, aber ehe er einen Hauch ausstoßen konnte, hatte sie sich dreimal im Kreis herumgedreht und ihre Finger wieder geöffnet. Die Knöchelchen rollten wie Würfel über den Fußboden. Sie betrachtete sie und schnalzte mit der Zunge.

»Steht es schlecht um ihn?« fragte Rechel.

Die Hexe gab keine Antwort. Sie legte das Ohr an Sams Schädel und horchte angespannt.

»Teufel befinden sich nicht in seinem Kopf«, sprach sie schließlich, »aber Risse. Das kommt von der Kälte, da drinnen ist alles geborsten.«

»Risse?« sagte Rechel verdutzt. »Und wie sollen die sich wieder schließen?«

Schweigend schmierte Kascha einen Brei aus Leinsamen auf die Brandwunden und bedeckte Sams Bauch mit Kohlblättern. Anschließend hängte sie sich ihre Taschen wieder um. Sie griff in ihren Stiefel und zog einen Priem hervor, den sie sich zwischen die Backenzähne schob. Mit der trägen Dickköpfigkeit eines Rindes fing sie zu kauen an.

»Tja, wenn er einer der Unseren wäre«, sagte sie, ohne ihren Satz zu beenden.

Rechel nickte. Sie wußte, daß die polnischen Bauern von schrecklichen Krankheiten geheilt werden konnten, wenn sie sich während des Hochamts siebenmal um den Altar tragen ließen oder eine Vollmondnacht der Mutter Gottes zu Füßen lagen.

»Hättet ihr nur Jesus Christus nicht umgebracht«, schmatzte Kascha und wischte sich mit dem Rükken ihrer runzligen Hand die Spucke vom Kinn. »Jetzt seid ihr vom Himmel verflucht. Was erwartest du von mir? Gegen Gottes Zorn ist kein Kraut gewachsen.« Sie drehte dem Huhn, das Rechel ihr als Bezahlung ausgehändigt hatte, den Hals um, warf sich das zuckende Tier über die Schulter und polterte hinaus, wo es noch immer schneite.

Das Fieber legte sich, und auf den Wunden bildete sich Grind, nur Sams Kopf wollte nicht genesen. Den größten Teil des Tages lag er da und redete mit sich selbst. Seine Stimmungen wechselten einander rasch ab. Bald rief er unter schallendem Gelächter: »Nein, nicht kitzeln, bitte nicht kitzeln!« Einen Augenblick später sang er ein sentimentales Lied aus der Zeit, da er in der polnischen Armee gedient hatte: *»Mädchen, ich muß gehn, denn die Trommel schlägt, hehe-heheb ein Küßchen auf für deinen tapferen Soldaten.«*

Der Rest des Textes verlor sich in Schluchzen.

Von nun an war es Rechel, die donnerstags zum Markt fuhr. Sie brachte keinen Slibowitz mit nach Hause, sondern allerlei Dinge, die Sams Genesung vorantreiben sollten, von undefinierbaren Salben und Pudern bis hin zu einer verwitterten Ikone, von Wahrsagerkarten bis zu einer Holzstatuette des Heiligen Antonius, dem Schutzpatron der Kranken. Zu ihm murmelte sie täglich Gebete, in dem spärlichen Hebräisch, das ihr aus ihrer Jugend in Erinnerung geblieben war. Sie hing Sam Amulette mit aramäischen Inschriften um den Hals und setzte ihm eine blaue Wollmütze auf, damit sein Kopf nicht noch weiter auseinanderbräche. Von einem Quacksalber ließ sie sich einen Beutel Kieselsteine andrehen, von denen der Mann behauptete, er habe sie persönlich im Heiligen Land aufgelesen, weil sie vor dem bösen Blick schützten. Obwohl sie nicht von dem Kies auf der Dorfstraße zu unterscheiden waren, legte Rechel sie in alle Winkel des Ehebetts. Die Kieselsteine schienen tatsächlich aus dem Heiligen Land zu stammen, denn genauso wie die Juden selber waren sie begabt im Wandern. Innerhalb kürzester Zeit hatten sie sich über die ganze Matratze verstreut und vollbrachten dort ein Wunder. Sam, der wochenlang im Fieberwahn gelegen hatte, fuhr wie ein geölter Blitz aus dem Bett. Der glasige Blick war aus seinen Augen verschwunden. Funkelnd schaute er Rechel an, die gerade das soundsovielte Stoßgebet zu Antonius schickte.

»Liege ich verdammt noch mal in meinem Bett oder liege ich auf Kopfsteinpflaster?« brüllte er außer sich. Er packte den Heiligen auf dem Tisch und versuchte ihn mit dem Fuß zu zertreten. Als dies nicht sofort gelang, öffnete er den Ofen und schob ihn hinein. Das trockene Holz knisterte. Ein Funkenregen erhellte sein Gesicht. Einen Augenblick lang schien er aus der Fassung gebracht. Mit hängenden Schultern starrte er in die Flammen.

Just in diesem Augenblick schabte der Esel mit dem Huf über den Steinboden. Zweimal erklang ein nervöses »I-ah«. Sam brauste wieder auf. »Alles Gesindel«, rief er, »Abschaum. Wenn sie nicht beten, dann schreien sie!« Er nahm den Eisenstab von der Wand und steckte ihn wie einen Schürhaken ins Feuer und murmelte dabei unaufhörlich vor sich hin: »Sie wollen, daß ich krepiere, sie geben nicht eher Ruhe, bis ich krepiert bin.«

Rechel und Gerschom hielten den Atem an. Keiner von beiden wagte, etwas zu sagen. Als Sam den Stab aus dem Ofen zog, war die Spitze rotglühend. Die Stange schwenkend, trieb er den Esel in eine Ecke. Dieser warf sich mit seinem ganzen Gewicht gegen die Wand, als ob er in ihr verschwinden wollte. Während Sam das heiße Eisen in seine Flanke drückte und sich der Geruch versengter Haare durch die Kammer verbreitete, krümmte sich das Tier immer mehr zusammen.

Mit schwankenden Schritten nahm Gerschom einen Anlauf, um sich zwischen Sam und den Esel zu werfen, aber sein krummer Rücken brachte ihn aus dem Gleichgewicht. Er landete neben dem Esel auf dem Fußboden, wo er augenblicklich Tritte von Sam empfing. »Kanaille!« rief er. »Räudiger Hund!«

Mit dem Eisenstab verbrannte er ihm den Ellbogen, mit dem sich Gerschom den Kopf schützte. Hörte Sam Rechel nicht schreien? Sah er in seiner Verwirrung nicht mehr den Unterschied zwischen dem alten Mann und dem Esel? Der Schweiß rann in Strömen unter seiner Mütze hervor, und seine Amulette klirrten wild, während er das Eisen bald auf das Hinterteil des Esels, bald auf Gerschoms Schultern herabsausen ließ.

Ebenso plötzlich, wie die Raserei in ihn gefahren war, beruhigte er sich wieder. Seine Fäuste entspannten sich, das Kinn sank ihm auf die Brust. Er brummte eines seiner Soldatenlieder vor sich hin. Erst nachdem er in dieser Haltung eine Weile dagestanden hatte, wagte Rechel, ihn zum Bett zu führen. Sobald er eingeschlafen war, warf sie den Eisenstab hinter dem Haus in den Schnee.

Auf seinem Strohsack fing Gerschom an zu beben. Wo konnte Hanna nur sein? Sie blieb wirklich lange fort. Hatte sie sich draußen verlaufen, hatte die Dunkelheit sie überfallen? Mit klopfendem Herzen spähte er in die Finsternis hinaus. Waren das ihre Schritte, die er hörte, oder waren es die von dem Mann mit den Amuletten?

Aber weder Hanna noch der Mann mit den Amuletten erschien. Das einzige, was aus der Nacht auf ihn zukam, war der Kopf des Esels, der seine lange Zunge langsam über Gerschoms Gesicht bewegte, als ob er Salz von einem Stein leckte. Da beschloß

Gerschom, dem Tier einen Namen zu geben. Er nannte ihn Menachem, das ist Hebräisch für ›Trost‹.

Im Monat Adar setzte das Tauwetter ein. Und der Nissan brachte Wind aus Südwesten, der den Schlamm der Wege trocknete. Als die Schwalben in ihre alten Nester unter dem Dachgesims zurückkehrten, wurde Gerschom aufs Feld geschickt. Jeden Morgen stieg er mit Menachem, der Spaten, Schaufel und Saatgut trug, auf die andere Seite des Hügels. Der Weg war mühsam, aber das kümmerte ihn nicht. Eine Last fiel von ihm ab, sobald er das stickige Haus, in dem Sam mit den Wänden und Rechel mit ihrer Ikone redete, verlassen hatte.

Jetzt, da das Dorf aus seinem Winterschlaf erwacht war, konnte es nicht länger unbemerkt bleiben, daß Gerschom Katz sich auf dem Stückchen Ackerland der Petschers im Schweiße seines Angesichts abmühte.

»Hast du das gesehen? Der krumme Gerschom gräbt gegenwärtig den Acker von Sam um.«

»Das kann nicht wahr sein! Ist das eine Art, jemanden seinen Lebensabend verbringen zu lassen?«

»Ich schwöre es, er wird jeden Tag wie der erste beste picklige Bauernlümmel den Hügel hinaufgeschickt!«

Wo soll das noch hinführen, sagten die Juden von Slomniki zueinander, wenn alte hilflose Leute sich alles gefallen lassen müssen? Aus Bequemlichkeit gaben sie dem Rebben die Schuld. Hatte er nicht persönlich zugestimmt, den krummen Gerschom bei Sam unterzubringen, der nicht ganz bei Trost war, und bei Rechel, die sich mit Quacksalbern und Hexen einließ?

Als ihre Vorwürfe Rabbi Jehuda Zipkin zu Ohren kamen, ächzte er vor Reue. Hastig setzte er seinen Hut auf und ging mit entschlossenen Schritten spornstreichs zur Wassermühle und den Hügel hinauf. Kurz darauf stand er Gerschom gegenüber, der sich auf seinen Spaten lehnte und den Fuß hob, um ihm ein Loch in der Sohle zu zeigen. Der alte Mann hielt ihn offenbar für den Dorfschuster.

Keuchend sagte der Rabbi: »Erkennst du mich nicht mehr? Ich bin der Rebbe.«

»Du bist aber dem Schuster wie aus dem Gesicht geschnitten.«

»Aber ich bin nicht der Schuster. Was hätte ein Schuster hier verloren?«

»Wer, sagtest du, bist du?«

»Der Rebbe«, wiederholte Rabbi Jehuda. Händeringend brach er in ein Schuldbekenntnis aus. »Aber ich wußte es nicht, das mußt du mir glauben. Ich hatte all die Zeit keine Ahnung davon, es ist ein Mißverständnis!«

Gerschom nickte. »Du glaubtest also auch, daß du ein Schuster bist? Dafür brauchst du dich nicht zu schämen, mir geht es ebenso. Ich weiß nicht, ob ich träume oder wache, ich wundere mich über nichts mehr.« Er seufzte. »Wenn es stimmt, daß du der Rebbe bist, dann kommst du wie gerufen.

Hanna und ich haben die Absicht zu heiraten. Wir wollen einen Tag für die Einsegnung verabreden.«

Rabbi Jehudas Augen füllten sich mit Tränen, denn er erkannte, daß Gerschom kindisch geworden war. Entschuldigungen hatten keinen Sinn mehr. Der alte Mann lebte nur noch in der Gegenwart und in ferner Vergangenheit. Die dazwischenliegende Zeit war verhangen. Seine jungen Jahre standen ihm frischer im Gedächtnis als der gestrige Tag.

»Komm«, sagte er heiser, »du mußt von hier fort, du gehst mit mir nach Hause. Die Fleischtöpfe von Ägypten wirst du bei uns nicht finden, aber wo sieben zu essen haben, findet auch ein achter noch Platz.«

»Und ein neunter?« Gerschom zeigte auf den Esel, der auf der angrenzenden Wiese graste.

»Der Esel gehört Sam Petscher«, sagte der Rebbe. »Ich weiß, er hat ihn von deinem Geld gekauft, aber du kannst das Tier nicht mitnehmen, das wäre Diebstahl.«

»Der Esel ist alles, was ich besitze.«

»Unsinn.«

»Und er hat nur mich. Wie kann ich ihn im Stich lassen? Er vertraut mir, er leckt mir nachts das Gesicht.«

»Gleich erzählst du mir noch, daß er dir aus den Psalmen vorliest!« sagte Rabbi Jehuda. »Es ist ein Tier, ein einfältiges Tier. Du kannst dein Schicksal nicht von einem Esel abhängig machen.«

»Die Tiere waren eher auf der Welt als wir. Gott hat ihnen bei der Schöpfung Vorrang verliehen.«

»Na und?« rief der Rebbe. »Die Pflanzen waren auch vor uns da. Müssen wir uns deshalb mit den Zwiebeln unterhalten? Müssen wir mit einer Steckrübe die Hora tanzen?«

Aber wie er auch auf Gerschom einredete, der alte Mann schüttelte heftig den Kopf. Er blieb bei dem Esel, sein Entschluß stand fest.

Was sollte Rabbi Jehuda machen? Um zumindest einen Teil der Schuld abzutragen, zog er seinen Mantel aus und grub den Rest des Ackers um. Den Hut behielt er auf. Und da geschrieben steht, daß wir freudig unserem Nächsten dienen sollen, versuchte er nicht an sein Mittagsgebet zu denken, das er nun versäumte, oder an das, was seine Frau sagen würde, wenn sie den Staub auf seinen Kleidern sähe. In Hemdsärmeln plagte er sich bis zum Abend, während Gerschom, der sich auf eine umgestürzte Birke gesetzt hatte, ihm mit Bewunderung zuschaute und rief: »Nicht übel für einen Schuster, gar nicht übel!«

Für die Bauern von Slomniki war der Marienmonat angebrochen. Jeden Sonntag zog eine Prozession durch den Weiler. An ihrer Spitze gingen vier stämmige Kerle, die eine Sänfte auf den Schultern trugen, in der auf einem roten Samtpolster die Statue der Gottesmutter thronte. Sie wurde zu dieser Gelegenheit alljährlich neu bemalt. Aber da seit Generationen niemand auf die Idee gekommen war, vor einer solchen Aktion den Fliegendreck abzuschrubben, machte die Magd von ihrem bekrönten Haupt bis zum Saum ihres Gewandes einen pockennarbigen Eindruck. Doch das störte nicht weiter, denn in demselben Aufzug trottete alles, was sich krank, schwach oder elend fühlte. Hinter den Knaben mit ihren Weihrauchfässern und dem im Gebet versunkenen Priester marschierten Dorfbewohner mit einem Klumpfuß oder einem Wasserkopf, mit Keuchhusten, mit Geschwüren oder anderen, unsichtbaren Gebrechen. Kinder umklammerten Sträuße welker Feldblumen. Schwarze Rosenkränze schaukelten zwischen den rauhen Fingern der Frauen. Ganz am Ende humpelte Sam Petscher. Die blaue Mütze hatte er sich tief über die Augenbrauen gezogen, und er stützte sich schwer auf Rechels magere Schultern.

Während der Zug sich durch das Tal bewegte, lag Gerschom auf dem Weideland neben dem Acker und ruhte. Mit geschlossenen Augen hörte er das Läuten der Meßglöckchen näher kommen und wieder verebben. Dann erklang kein anderes Geräusch mehr als Menachems gleichmäßiges Kauen, der hier einen Büschel Klee, dort eine Distel aus dem Boden rupfte. Das Tier verlor den alten Mann keinen Augenblick aus den Augen. Es graste um ihn herum in immer engeren Kreisen und ließ sich schließlich nieder. Es biß so oft in Gerschoms Jacke, bis dieser seine Hand ausstreckte und die weiße Nase des Tieres streichelte.

Stundenlang saßen Gerschom und sein Freund beieinander im Gras, Mann und Esel, als Gleiche. Gegen Abend nahm der Wind zu, der Himmel verdunkelte sich rasch, als schöbe eine Riesenhand einen Deckel über die Welt. Am Horizont, wo der Himmel noch glühte, erklang das langgezogene Grollen eines nahenden Unwetters. »Hörst du das?« sagte Gerschom und stand auf. »Eine Herde Esel galoppiert durch die Wolken.«

Rechel hatte dem Judentum abgeschworen und sich zum Glauben der Bauern bekehrt. Am letzten Sonntag des Marienmonats hatte sie sich zusammen mit Sam, der auf einer Schubkarre in die Kirche gefahren werden mußte, taufen lassen. Da die Petschers sich nun einmal mit dem Kreuz versöhnt hatten, kam auf Rechels Verlangen täglich der Priester, um dem unheilbar kranken Sam eine Hostie zwischen die Lippen zu pressen. Nachdem er dabei mehrmals in Daumen und Zeigefinger gebissen worden war, benutzte er einen Suppenlöffel, wodurch er nicht nur Sam, sondern auch dem sakralen Charakter der Handlung Gewalt antat.

Inzwischen war der Acker eingesät. Die Erde selbst hatte Gerschoms Arbeit übernommen. »Daß du nur nicht denkst, du kannst im Haus herumlungern und dem Priester vor die Füße laufen!« sagte Rechel. »Dem armen Mann reicht ein verrückter Jude, der kann wirklich nicht noch einen brauchen, und ich schon gar nicht!«

Um Gerschom loszuwerden, beauftragte sie ihn damit, Weidenruten zu schneiden. Von nun an schlenderte er mit Menachem zum Flußufer, wo Korbweiden wuchsen. Mit zitternden Händen schnitt er die biegsamen Zweige ab. Er arbeitete langsam, mit langen Pausen. Gegen Mittag schlief er immer früher am Ufer ein. Dann träumte er vom Garten Eden, wo der Messias thronte, zur Rechten die Sonne und die Planeten und zur Linken der Mond und die Sterne. Zu seinen Füßen saßen die Erzväter und die Propheten, die Schriftgelehrten und Tempeldiener und alle Juden der Geschichte. In der Menge erkannte er auch Hanna. Ihr Totenkleid war mit Rubinen bestickt. Sie trug einen Schleier und errötete, wie an dem Tag, als er mit ihr unter dem Hochzeitsbaldachin gestanden hatte.

Einmal erschien sie ihm mitten in der Nacht. Geschmeidig wie ein Mädchen hockte sie sich neben seinen Strohsack und küßte seine Hand.

»Gibt es auch Esel im Garten Eden?« fragte Gerschom flüsternd, aus Angst, Sam und Rechel könnten ihn hören.

Ohne die Lippen zu bewegen, antwortete Hanna: »Es gibt Esel und Schafe, Hühner und Hunde, Spatzen und Käfer, genauso wie hier. Am Tag des Jüngsten Gerichts werden sie gegen die Menschen zeugen. Gegen jeden, der einen Wurf junger Katzen ertränkt, gegen jeden, der seinem Pferd unnötig oft die Sporen gegeben oder gleich welchem Tier Schmerzen zugefügt hat, werden sie aussagen.«

»Aber weshalb habe ich dann, wenn ich vom Garten Eden träumte, keine Tiere gesehen?«

»Weil du wie die meisten Menschen durch die Majestät des Messias geblendet warst«, sprach Hanna, »das nächste Mal mußt du besser aufpassen.«

Und tatsächlich, als er am Tag darauf im Gras lag und träumte, entdeckte er die Tiere an einer Stelle, wo er sie am wenigsten erwartet hätte. Hinter dem Thron des Messias stieg eine breite Treppe aus grünem Marmor empor. Auf ihren Stufen kroch und flatterte, tschilpte und blökte alles Getier der Erde. An dem Gewimmel von Flügeln und Schweifen vorüber ging sein Blick hinauf, bis er die Esel gefunden hatte. Sie befanden sich ganz oben und trugen alle einen Gebetsmantel, der ihre Ohren bedeckte. Mitten auf ihrem grauen Kopf stand zwischen den Augen ein goldenes *schin* geschrieben, der Anfangsbuchstabe von Gottes Namen. Sie iahten laut, aber gerade als Gerschom die Worte, die sie sprachen, zu verstehen meinte, erwachte er mit verschwitztem Gesicht.

Angst schnürte ihm die Kehle zu. Was hatte der Traum zu bedeuten? Wie konnte es der Messias zulassen, daß Esel sich in einen Gebetsumhang hüllten? Und warum ließ er sie ungestraft den Namen von Schaddai tragen? Gerschom erkannte, daß solche lasterhaften Träume ihm unmöglich von Hanna eingeflüstert sein konnten. Sie mußten das Werk des Teufels sein, der Hannas Gestalt angenommen hatte und der ihn ins Unglück stürzen wollte. Um zu verhindern, daß der Teufel ihn aufs neue irreführte, legte er sich nicht mehr ins Gras. Er wagte nicht einmal, sich im Sitzen auszuruhen, weil er fürchtete, die Augen könnten ihm unversehens zufallen. Er arbeitete den ganzen Tag hindurch. Und wenn er abends erschöpft auf seinem Strohsack lag, dann gab er sich nur widerwillig dem Schlaf hin.

Auch der Esel war unruhig. Er schrie öfter und länger als gewöhnlich. Sonst hatte er sein Tempo an Gerschoms Schneckengang angepaßt, aber nun setzte er sich plötzlich in Trab, verschwand aus dem Blickfeld und rannte kurz darauf wieder laut schnaubend auf den alten Mann zu. Er schlug mit dem Schwanz, als ob er nicht nur die eigenen Fliegen verjagen wollte, sondern die von ganz Slomniki. Er scharrte mit den Hufen und bäumte sich auf.

»Es ist soweit«, sagte Gerschom zu Rechel. »Wir müssen eine Eselin für ihn suchen.«

»Was verstehst denn du davon?« meinte Rechel spottend. Sie hatte andere Sorgen als einen brünstigen Esel. Sie hatte sich zur Waschfrau des Priesters aufgeworfen und tauchte gerade eines seiner weißen, spitzenbesetzten Überkleider in ein Stärkebad. »Nächste Woche«, sagte sie mit einer abwehrenden Handbewegung, »nächste Woche werde ich mich darum kümmern.«

Gerschom konnte kaum Luft kriegen. Es war, als säße ihm ein Knoten in der Luftröhre. Auf dem Weg zum Fluß mußte er öfters anhalten, um zu Atem zu kommen. Und wenn er sich beim Schneiden der Weidenruten zu tief vornüberbeugte, wurde er von einem minutenlang anhaltenden trockenen Husten geschüttelt. »Demnächst fange ich noch an zu iahen, genauso wie du«, seufzte er nach einem dieser Hustenanfälle. Er hatte das Messer beiseite gelegt und sich nach Menachem umgewandt. Dieser hob den Kopf, ein Büschel Butterblumen zwischen den Zähnen. Nie zuvor hatte der Esel den alten Mann so direkt, aus der Tiefe seines Wesens angeschaut. Gerschom fühlte sich klein unter dem Blick der dunklen Augen, die Jahrtausende in sich zu bergen schienen. Welche Geheimnisse hatten diese Augen ergründet? Ihre Erinnerung reichte bis in die Zeit zurück, da Abraham über staubige Karawanenstraßen von einer Herde Esel begleitet wurde. Esel waren genausowenig aus der Heiligen Schrift fortzudenken wie die Kinder Israels selber. Sie hatten am Fuße des Sinai gestanden, als Moses die Thora in Empfang nahm. Sie hatten die Steine herangeschleppt, mit denen der Tempel Salomos gebaut wurde. Seit alters, durch die Jahrhunderte hatten sie mit den Juden Schritt gehalten, vielleicht weil das jüdische Volk wie kein anderes ihr Schicksal teilte. Waren sie nicht alle beide, Jude wie Esel, Ausgestoßene in dieser Welt? Wurden sie nicht beide seit Jahrhunderten verspottet, gehetzt und abgeschlachtet?

Gerschom drehte sich nachdenklich um und machte sich wieder an die Arbeit, und auch Menachem graste hinter ihm weiter. Ja, alles wurde dem alten Mann deutlich. Juden waren die Esel unter den Menschen, und Esel waren die Juden unter den Tieren. Er begriff jetzt, warum der Messias den Eseln im Garten Eden erlaubte, Gebetsmäntel zu tragen. In seiner Phantasie nahm der Messias selber die Gestalt eines Esels an, der an der Spitze einer unüberschaubaren Herde in rasendem Galopp nach Jerusalem zog, um den Menschen Frieden und Gerechtigkeit zu bringen und das Königreich Davids wieder in aller Herrlichkeit auferstehen zu lassen.

Aus einer plötzlichen Gemütsbewegung heraus warf er den Kopf in den Nacken. Er entblößte die Zähne und pumpte keuchend Luft in die Lungen, wie er es so oft bei Menachem beobachtet hatte. Dann iahte Gerschom Katz so triumphierend und rückhaltlos, als hätte er sein Leben lang nichts anderes getan. Er hörte, wie der Esel antwortete, und er hörte sein Hufgetrappel, aber bevor er sich umwenden konnte, war das Tier bereits auf seinen Rücken gesprungen. Als habe ihn ein gewaltiger Hammerschlag getroffen, stürzte er zu Boden. Das Messer glitt ihm aus der Hand.

In der Abenddämmerung entdeckten spielende Kinder die beiden. Das halbe Dorf eilte herbei. Der Esel hatte seine Vorderfüße um Gerschoms Schultern geklemmt, und in dieser Umarmung waren sie zusammen vornübergefallen. Weder der Mann noch das Tier hatten sich befreien können. Gerschom mußte auf der Stelle von der Last erdrückt worden sein, denn auf seinem Gesicht, das zur Seite gewendet war, als habe er sich im Fallen nach dem Esel umgesehen, lag ein Lächeln. Der Esel, der sich die Vorderbeine gebrochen hatte, lebte noch. Er bewegte sich nicht, aber als Rabbi Jehuda niederkniete und Gerschoms Augen zudrückte, versuchte das Tier, ihn zu beißen.

Noch Monate später wurde in den Gassen und auf dem Markt von Slomniki einem jeden, der es nicht schon wußte oder der es nicht oft genug hören konnte, erzählt, wie der Esel mit hochgezogener Oberlippe und bebenden Nüstern dagelegen habe, bis Jankel, der Schächter, erschienen sei und dem Tier mit einem Hammer den Schädel eingeschlagen habe, und wie daraufhin fünf Männer nötig gewesen seien, um Gerschoms Körper aus der Umklammerung seines Liebhabers zu befreien.

Während die Haut des Esels bereits in der Sonne zum Trocknen hing, wurde Gerschom Katz von Dorfbewohnern zu Grabe getragen. Sam Petscher und seine Frau Rechel waren nicht unter denen, die das Kaddischgebet für ihn sprachen. Ihre Stimmen wurden nicht gehört, als beim Verlassen des Friedhofs aus vielen Mündern eintönig der Abschied an die Toten erklang. Eine leichte Sommerbrise trug das Echo über die versackten Grabsteine:

Allmächtiger, du König –
du stützest die da fallen
und lösest, wer gefangen,
keiner ist dir ähnlich.
Der du das Wort vollziehest
und einst dem Lichte zuführst,
was tief im Staub jetzt schlummert.

HEILIGES FEUER

DIES IST DIE Geschichte von Hans Levie und der Verwandlung, die er durchmachte. Zwar war seine Metamorphose nicht ganz so aufsehenerregend wie die Gregor Samsas, von dem Kafka berichtet, er sei eines Morgens als widerliches Ungeziefer aufgewacht, doch Hans' Eltern sind bis auf den heutigen Tag nicht über den Schrecken hinweggekommen, und es ist die Frage, ob das jemals der Fall sein wird.

Durch meine langjährige Freundschaft mit seiner Mutter Mirjam habe ich Hans aus der Nähe aufwachsen sehen, von seinen ersten Schritten bis zu seinem ersten Versuch auf dem Fahrrad, vom Kindergarten bis zur Oberschule. Ich habe auch ein paarmal die Sommerferien mit den Levies in der Bretagne verbracht, doch davon habe ich vor allem den windigen Strand und den Anblick des Meeres in Erinnerung, und weit im Hintergrund Hans, der an einem Drachen hing oder bis zur Taille in einem Loch verschwunden war. Mit sechzehn, kurz bevor eine katastrophale Wendung in seinem Leben eintrat, war er ein durchschnittlicher Junge mit blondem Haar und rosigen Wangen, der seine Aufmerksamkeit auf Fußball und Mädchen verteilte. Sehr gescheit war er nicht. Auf den Ansichtskarten und in den wenigen Briefen, die ich von ihm aufgehoben habe, wimmelt es von sprachlichen Fehlern.

Habe ich ihn gemocht? Ich weiß nur, daß ich ihn nicht ausgesprochen unangenehm fand. Seine Existenz war mir ziemlich gleichgültig. Im nachhinein tut mir das leid. Wenn ich ihm damals mehr Aufmerksamkeit gewidmet hätte, könnte ich jetzt möglicherweise irgendeine Erklärung für sein späteres Verhalten anbieten. Doch er gehörte nicht zu der Sorte Jungen, die einen neugierig machen. Und vielleicht ist es auch eine Illusion zu denken, daß wir, die wir so wenig von uns selbst begreifen, ergründen könnten, was andere beschäftigt.

Mirjam bin ich 1971 begegnet. An einem Abend im Februar stand sie hochschwanger und regennaß vor meiner Haustür. Sie habe, so sagte sie, das lokale Telefonbuch Seite um Seite nach jüdischen Nachnamen durchkämmt, und nun gehe sie bei den in Frage kommenden Personen vorbei, in der Hoffnung, sie für Zusammenkünfte zu begeistern.

»Zusammenkünfte?« fragte ich argwöhnisch. »Zu welchem Zweck?«

»Um sich mit Gleichgesinnten auszutauschen. Mit Menschen, denen man nichts zu erklären und vor denen man nichts geheimzuhalten braucht. Und denen man ruhigen Gewissens seinen besten jüdischen Witz erzählen kann.« Sie sagte es, als hätte sie es zu Hause eingeübt.

»Meinen besten jüdischen Witz? Ich bin nicht besonders gut im Erzählen von Witzen.«

»Wie findest du den?« fragte sie. »Bram sagt zu Moos, er wolle sich taufen lassen. Was für eine Schande, ruft Moos, dein Vater wird sich im Grab umdrehen. Sagt Bram: Macht nichts, mein Bruder läßt sich nächste Woche auch taufen, dann liegt er wieder auf dem Rücken.«

Ich winkte mit der Hand, ich kannte noch einen viel besseren.

Lachend gingen wir in die Küche, und ehe ich mich's versah, waren wir in ein leidenschaftliches Gespräch über Ingwerbrot, Heringssalat und die Bücher von Bernard Malamud vertieft.

Das erste Treffen fand in der Wohnung statt, die Mirjam und ihr Mann Alex erst kürzlich bezogen hatten. In dem chaotischen Wintergarten, in dem noch Umzugskartons herumstanden, saßen die Anwesenden schüchtern beieinander, während ein Papagei »Hola! Hefezopf!« kreischte. Die Gastgeber mitgerechnet, waren wir zu sechst. Jeder von uns sollte sich den anderen vorstellen und ganz kurz etwas von seiner Geschichte erzählen.

Da war Thérèse Twersky, Anfang fünfzig, französischer Herkunft, kokett, beweglich und von Beruf Töpferin. Sie wisse eigentlich nicht, weshalb sie Mirjams Einladung Folge geleistet habe, sagte sie. Das Judentum beschäftige sie nur mäßig. Ihr Interesse gelte dem Buddhismus und anderen exotischen

Religionen. Sie sei gerade von einer Reise nach Mexiko zurückgekehrt, wo sie die klassische indianische Keramik studiert habe. Als sie allzu lang über die Unterschiede zwischen dem Geschirr der Olmeken, Zapoteken, Chichimeken und Azteken sprach, entzog Mirjam ihr energisch das Wort.

Weiter waren Isidoor Galatzer und seine Frau Roos da, beide klein, gedrungen und aus Rumänien gebürtig. Sie waren genauso alt wie Thérèse. Roos saß in einem Rollstuhl. Das sei, erzählte sie, eine Kriegsfolge. Sie sei in Vertujen, einem rumänischen Konzentrationslager, interniert gewesen, wo das einzige, was die Insassen zu essen bekamen, Viehfutter gewesen sei, das eine langsame Lähmung verursachte. Bei der Befreiung habe sie das Lager auf allen vieren verlassen. Sie habe alle Kraft in ihren Beinmuskeln verloren. Auch den linken Arm könne sie kaum noch bewegen.

»Mit Vertujen verglichen«, sagte sie, »war Auschwitz ein Ferienlager.«

»Ach ja?« sagte Thérèse entrüstet. »Hätte ich das nur früher gewußt! Dann hätte ich meinen Badeanzug und Sonnenöl mitnehmen können.«

»Bist du in Auschwitz gewesen?« fragte Mirjam.

Thérèse nickte.

»Ihr bekamt wenigstens noch ein bißchen Brot«, sagte Isidoor zu Thérèse. »Wir bekamen überhaupt nichts. Die Rumänen hatten die Deutschen nicht nötig, um mit ihren Juden aufzuräumen. Das erledigten sie selber, und zwar auf rumänischem Boden und so billig wie möglich. Züge, Gaskammern, Brotrationen, das war für sie alles rausgeworfenes Geld. Juden waren nicht einmal wert, totgetreten zu werden. Wir sollten zugrunde gehen, aber es durfte keinen Pfennig kosten. Sie ließen uns riesige Entfernungen zu Fuß zurücklegen. Wer unterwegs nicht vor Erschöpfung zusammenbrach, der starb später schon im Lager vor Hunger. Ich wurde in Dumanovka eingesperrt. Dort haben wir Gras gegessen. Doch ich bin geflohen. Ein Jahr lang habe ich mich in den Wäldern versteckt gehalten. Unter der Erde, wie eine Ratte in einem Loch. Ich bin fast wahnsinnig dabei geworden.«

»Isidoor hat einen Widerwillen gegen alles, was rumänisch ist«, sagte Roos. »Er verbietet mir sogar, rumänische Lieder zu singen.«

»Nur ein toter Rumäne ist ein guter Rumäne«, rief Isidoor. Sein Gesicht war rot vor Erregung. »Es gab nicht einen Rumänen, der mir geholfen hätte, keinen einzigen.«

Thérèse hüllte sich in Schweigen, und ich starrte in meine Kaffeetasse.

Mirjam, die ihren so sorgfältig vorbereiteten Abend mißglücken sah, faßte sich ein Herz. »Mir aber haben Leute geholfen«, sagte sie nachdrücklich. »Eine Grubenarbeiterfamilie in einem Limburger Dorf. Neun Kinder hatten sie. Bei denen tauchte ich bis zum Ende des Krieges unter. Sie wohnten in einem baufälligen kleinen Haus und schliefen alle auf dem Dachboden. Ich war vier Jahre alt und kam aus einem riesigen herrschaftlichen Haus in Den Haag. Das erste, was ich ausrief, als ich in Limburg über die Schwelle trat, war: Wo ist das Sofa, wo ist das Klavier?«

Alle lachten, außer Isidoor. Er lockerte seufzend seine Krawatte und machte den Kragenknopf seines Oberhemds auf.

»Es waren gute Leute«, sagte Mirjam. »Sie hatten keine Angst. Ich ging einfach zur Schule in dem Dorf, angeblich war ich die Nichte, die von oberhalb der großen Flüsse kam. Sicherheitshalber brachten sie mir aber doch bei, wie man das Ave-Maria betet. Das kann ich immer noch.«

Mehr zu sich selbst als zu uns hob sie in singendem Tonfall an: »Gegrüßet seist du, Maria voller Gnaden, der Herr ist mit dir …«

»Hola, Hefezopf!« rief der Papagei respektlos.

»Da werde ich hergelockt unter dem Vorwand einer jüdischen Zusammenkunft«, brummte Isidoor, »und dann beten sie das Ave-Maria.«

Erleichtert fingen sie alle an durcheinanderzureden. Alex warf mir einen Blick des Einvernehmens über den Tisch zu. Wir waren die einzigen, die noch kein Wort gesagt hatten.

Schon bald hatte ich mein Herz an unsere zufällig aus dem Telefonbuch zusammengeklaubte Gruppe gehängt. Alex und Mirjam, Isidoor und Roos, Thérèse und ich, wir waren die Getreuen der ersten Stunde. In jener Anfangszeit wuchs ein Bündnis zwischen uns, das durch die Jahre unzerstörbar blieb, auch als die Gruppe größer wurde und wir eine Mitgliederverwaltung bekamen und eine Buchhaltung, ein eigenes Gebetshaus, einen Vorsänger und einen Teilzeitrabbiner.

Alex übernahm die Aufgabe des Sekretärs. Mirjam und Thérèse lernten Hebräisch und waren bald ziemlich bewandert darin. Isidoor wurde Schatzmeister, während Roos mit ihrer einen Hand die Hülle für unsere funkelnagelneue Gesetzesrolle wunderschön bestickte. Ich aber hielt mich abseits. In der Synagoge ließ ich mich selten blicken. Der Gottesdienst dauerte mir zu lange, und obwohl ich mir die größte Mühe gab, mich durch das Gebet mitreißen zu lassen, so ist es doch nie mehr als eine Formalität für mich gewesen. Ab und zu, an Festtagen, kam ich trotzdem, doch tat ich es vor allem, um mich an Thérèse zu kuscheln und die Vertrautheit des gemeinsamen Blätterns in ein und demselben Gebetbuch zu genießen. Oder um einen der seltenen Augenblicke zu erleben, in denen Isidoor sich an den Rollstuhl seiner Frau drückte und seinen Gebetsschal über ihrer beider Köpfe breitete. Dann waren sie wie zwei normale Menschen, die nie von Vertujen oder Dumanovka gehört hatten. Unter dem weißseidenen Tallit sahen sie so entzückt aus wie Kinder, die einander unter der Decke ihre tiefsten Geheimnisse erzählen und die nur ganz kurz hervorlugen, um sich zu vergewissern, daß auch niemand mithört.

Keiner von ihnen nahm es mir übel, daß ich den Gottesdienst und die Sitzungen kaum besuchte.

»Du taugst nicht für das Vereinsleben«, sagte Mirjam mit einer gewissen Rührung. »Das ist doch kein Verbrechen.«

Isidoor war sogar stolz auf das, was er meine Unabhängigkeit nannte. »Wenn du jemals im Wald in einem Loch sitzt, bleibst du bei vollem Verstand«, nickte er zufrieden. »Du hast niemanden nötig, du schlägst dich schon durch.«

In Wirklichkeit wußte ich nicht, was ich ohne sie hätte anfangen sollen. Nie mehr habe ich mich so daheim gefühlt wie bei ihnen. Ich bin kein einfacher Mensch, für mich selbst nicht und schon gar nicht für andere. Sie verstanden die Kunst, mich zu lieben und, was noch wichtiger war, so zu tun, als koste sie das kein bißchen Mühe.

Ein paar Wochen, nachdem Hans sechzehn geworden war, rief Mirjam mich an. Sie fragte mich, ob ich Interesse an einem Vortrag über Salomon Ibn Gabirol habe. Sie erklärte, daß Gabirol ein jüdischer Philosoph im Spanien des Mittelalters gewesen sei und Gedichte geschrieben habe, die in den Gottesdienst aufgenommen worden seien.

»Nächste Woche Sonntag«, sagte sie, »in Amsterdam. Es fängt nachmittags um zwei an, also müssen wir hier um zwölf aufbrechen.«

Dann dämpfte sie die Stimme.

»Weißt du, daß Hans nicht mehr zur Schule geht? Er ist schon vier Tage zu Hause. Ich muß leise reden, denn er läuft hier irgendwo herum.«

»Schwänzen kommt in den besten Familien vor«, sagte ich.

»Nein, mit Schwänzen hat es nichts zu tun. Er weigert sich, an dieser Schule zu bleiben. Er sagt, es sei eine dumme Provinzschule für Bauernrüpel. Er beschwert sich darüber, daß wir nach Groningen umgezogen sind und er sein Leben hier verbringen muß. ›Wie konntet ihr mir das antun?‹ sagt er. Als säßen wir mitten in der Sahara oder am Ende der Welt.«

»Hat er Schwierigkeiten mit einem Lehrer oder so?«

»Das dachte ich auch erst, aber ich habe die Schule angerufen, und es ist alles in Ordnung. Nein, es geht viel tiefer. Er findet, dies sei keine Stadt für Juden. Es gibt keine *jídischkajt* hier, sagt er.«

»Hans und *jídischkajt*?« Ich lachte. »Seit wann kümmert er sich um *jídischkajt*? Er kann nicht einmal Abraham und Moses auseinanderhalten.«

»Es ist mir auch ein Rätsel. Am Anfang dachte ich: Nimm es nicht so schwer, es ist die Pubertät, andere leiden unter Akne, und dein Sohn leidet unter *jídischkajt*. Doch er meint es todernst. Er hat auch auf einmal lauter Bücher über Judentum ins Haus gebracht.«

»Ins Haus gebracht? Ihr habt doch genug Bücher darüber.«

»Unsere Bücher hält er für völlig wertlos. Sie sind ihm viel zu liberal.«

»Es ist nicht zu glauben. Vor allem, weil er doch immer so einen Widerwillen dagegen hatte.«

»Ja, er wollte nie etwas damit zu tun haben. Er wollte genauso sein wie die anderen Kinder in seiner Klasse. Wie oft hat er uns in den Ohren gelegen wegen eines Weihnachtsbaums oder wegen Ostereiern! Samstags, wenn wir zum Schabbesgottesdienst gingen, machte er sich auf zum Fußballplatz. Darin haben wir ihm immer alle Freiheit gelassen. Und jetzt das.«

»Was sagt Alex denn dazu?«

»Du kennst Alex. Der hat für so etwas überhaupt keine Geduld. Abends kommt er todmüde von der Arbeit nach Hause und schiebt alles auf mich ab. Gestern sagte er: Du bist auch immer viel zu nachsichtig, stell dich doch mal auf die Hinterbeine und schicke den Jungen in die Schule zurück.«

Einen Moment blieb es still. Sie seufzte tief.

»Ich weiß es nicht«, sagte sie. »Vielleicht hat er recht. Ich bin ja auch sehr spät Mutter geworden.«

»Unsinn«, sagte ich. »Das ist typisch weiblich. Ein Mann braucht nur vorwurfsvoll zu uns herüberzublicken, und schon stellen wir uns aus eigenem Antrieb in die Ecke. Frauen haben ein übersteigertes Schuldbewußtsein. Warum stellt Alex sich nicht auf die Hinterbeine? Warum schickt Alex Hans nicht in die Schule zurück? Er ist doch auch sein Sohn.«

»Ja, aber Hans will von seiner alten Schule nichts mehr wissen. Er will nur noch in eine jüdische Schule gehen.«

»Dann hat er eben Pech gehabt. In eurer Stadt gibt es keine jüdischen Schulen.«

»Er hat Schulen in Antwerpen und Amsterdam angerufen.«

»Und wie soll er da hinkommen? Nächstes Jahr macht er Abitur. Sechzehn Jahre lang hat er nichts auf *jídischkajt* gegeben, so furchtbar dringend kann es also nicht sein. Vielleicht geht es von selbst vorbei. Laß ihn einfach hier die Schule zu Ende machen.«

Der Ton ihrer Stimme änderte sich. »Das ist also verabredet«, sagte sie fröhlich. »Du gehst mit nach Amsterdam. Thérèse kommt auch. Roos muß noch darüber nachdenken, sie hat immer Angst, sie könnte jemandem zur Last fallen mit dem Rollstuhl.«

»Ist Hans wieder in der Nähe?« fragte ich, unwillkürlich flüsternd.

»Ja«, rief sie, »ich regle den Transport. Alex kann gut einen Abend auf das Auto verzichten.«

»Gut«, sagte ich, »dann reden wir eben ein andermal weiter. Wir müssen auf jeden Fall noch einmal darüber sprechen.«

Sie hatte jedoch den Hörer schon mit einem flüchtigen Gruß aufgelegt.

Nachmittags radelte ich zum Atelier von Thérèse, die trotz ihrer fast siebzig Jahre noch täglich arbeitete. Sie saß an der Töpferscheibe im hintersten Teil der Werkstatt, das graue Haar in einem unordentlichen Zopf auf dem Rücken. Ich liebte es, sie zu beobachten, während die Töpfe und Krüge in ihren Händen glitzernde Pirouetten drehten.

»Ma petite«, sagte sie, ohne aufzuschauen.

»Ich störe doch nicht?«

»Pas du tout.« Sie hielt die Scheibe an. »Es klappt heute nicht.«

Sie wusch sich am Spülbecken und band die Schürze ab.

»Letzte Zeit ist immer irgend etwas nicht in Ordnung«, sagte sie. »Wenn es nicht die Schultern sind, dann ist es der Rücken. Souvenirs aus Auschwitz.«

Spöttisch betrachtete sie die Schale, die sie geformt hatte.

»Schau, ich mache alle Dinge neu. Aber ich selber bin zerbrochen.«

Dennoch wirkte sie für einen Menschen ihres Alters erstaunlich unversehrt. Sie besaß die zähe Geschmeidigkeit einer Ballerina. Noch im unförmigsten Pullover hatte sie etwas Vornehmes.

Wir standen zusammen am Fenster. Sie zeigte auf den Wipfel eines hohen Ahorns, wo sich ein kuppelförmiges Nest abzeichnete.

»Das gehört zwei Elstern«, sagte sie. »Sie bauen ein Nest mit Dach, genau wie wir, und dann streichen sie es mit Schlamm an. Als es vor ein paar Monaten so schrecklich stürmte, stürzte eines Nachts das ganze Nest in die Tiefe. Am nächsten Morgen fingen sie wieder von vorne an, Zweig für Zweig.«

Sie legte den Arm um mich.

»Wenn mir alles zuviel wird«, sagte sie, »schaue ich zu dem Nest hinüber. Dann sage ich mir, daß ich wie die Elstern sein muß. Daß ich von Tag zu Tag leben und meine Arbeit tun muß. Nicht in den Abgrund sehen, sondern weitermachen. Einfach weitermachen, bis der nächste Sturm kommt.«

Wir tranken Kaffee.

Ich fragte sie, ob sie gehört habe, daß Hans von *jídischkajt*-Anfällen geplagt werde.

Sie wußte davon, fand die Sache jedoch kaum der Erörterung wert. »Ein Pubertätssymptom«, sagte sie mit einer lässigen Handbewegung. »Er ist sechzehn und will seine Eltern zur Weißglut bringen.«

»Nun, dann hat er sein Ziel erreicht«, sagte ich. »Als Mirjam mich heute morgen anrief, klang sie todunglücklich. Sie glaubt, sie hätte als Mutter versagt.«

Thérèse gähnte.

»Das gehört alles dazu«, sagte sie. »Hat Mirjam noch etwas über den Vortrag zu dir gesagt?«

Ich nickte.

»Ich habe versprochen hinzugehen«, sagte ich, »aber eigentlich habe ich keine Lust dazu.«

»Keine Lust?« rief sie aus. »Es ist eine einmalige Gelegenheit. Der Vortrag wird von Benjamin Lemberg gehalten. Ein unglaublicher Mann und eine Autorität. Es gibt niemanden, der so viel über die jüdischen Dichter Spaniens weiß wie er. Er hat ihnen sein ganzes Leben gewidmet.«

»Das schon, aber er spricht nur über Gabirol. Ich

würde lieber etwas über andere hören. Über Hanagid zum Beispiel.«

Thérèse, die mir ein Urteil darüber nicht zutraute, zuckte überheblich mit den Achseln.

»Warum Hanagid?«

»Weil er so ungefähr alles gleichzeitig war. Philosoph und Sprachwissenschaftler, Rabbiner und Dichter. Als Wesir des Kalifen von Granada befehligte er die königlichen Truppen. Ein Jude an der Spitze eines islamischen Heeres, das imponiert mir. Zwanzig Jahre lang hat er gekämpft. Er trug einen Sieg nach dem anderen davon. Man fragt sich, wie er bei all dem Waffengeklirr noch zum Schreiben kam. Und doch machte er die schönsten Gedichte.«

Begeistert trug ich eins vor:

Sei unverzagt in Zeiten von Gefahr und Schmerz,
selbst wenn du Aug in Aug stehst mit dem Tod.
Die Lampe leuchtet, ehe sie gelöscht wird.
Verwundet brüllt der Löwe lauter noch als sonst.

»Das ist wirklich schön«, gab Thérèse zu. »Wo hast du diese Übersetzung her?«

Das Blut stieg mir zu Kopf.

»Sie ist von mir.«

»Seit wann kannst du Hebräisch?«

»Ich habe es als Kind gelernt.«

»Warum hast du das nie gesagt.«

»Ich weiß es nicht. Vielleicht weil ich Angst hatte, daß ihr dann alles Mögliche von mir erwarten würdet.«

»Also während wir dich für ungebildet hielten, hast du zu Hause heimlich Hanagid übersetzt?«

»Versprich mir, daß du es den anderen nicht weitererzählst«, bat ich.

»Liest du auch die Thora?«

»Ja, auch«, gab ich widerwillig zu. »Doch suche bitte nichts dahinter. Ich tue es nur, weil ich den Klang der Sprache und die Bilder liebe.«

»Du brauchst dich nicht zu entschuldigen«, sagte Thérèse. »Thoralesen ist nicht strafbar. Die Zeiten der Inquisition sind vorbei.«

»Ich entschuldige mich gar nicht. Warum sollte ich?«

»Das weißt du selber am besten, ma petite. Eine, die Hanagid übersetzt, ist nicht auf den Kopf gefallen.«

Ich wußte in der Tat sehr viel über die Thora und verwandte Dinge, was ich den anderen Mitgliedern unserer Gruppe verschwiegen hatte. Das hatte ich nicht nur deshalb getan, um mich den langatmigen Bittgottesdiensten und dem gemeinsamen Studium der Schrift entziehen zu können, sondern vor allem, weil ich nicht an meine Vergangenheit erinnert werden wollte.

Ich war in einer orthodoxen Familie in Antwerpen aufgewachsen. Mein Vater, ein frommer Jude, der sich sein Brot mit Hebräisch- und Talmudunterricht verdiente, träumte von einer Nachkommenschaft von Rabbinern und Vorsängern. Am liebsten hätte er wie Jakob zwölf Söhne großgezogen. Als meine Mutter ihm nach mehreren Fehlgeburten lediglich eine Tochter schenkte, konnte er seine Enttäuschung kaum verschmerzen. All sein väterlicher Ehrgeiz konzentrierte sich auf mich. Abend für Abend saß ich über Büchern, aus denen er mich im Lesen und Interpretieren der Heiligen Schrift unterrichtete.

Außer Haus war ich scheu und linkisch. Von der Welt und wie es in ihr zuging, begriff ich so gut wie nichts. Alles, was ich über sie gelernt habe, brachte ich mir selbst, und zwar heimlich, bei. Aus der Schulbibliothek nahm ich Romane mit nach Hause, in denen Gott mit keinem Wort erwähnt wurde. In Zeitschriften las ich Artikel über Liebe, Sexualität und andere Angelegenheiten, die in der Thora kaum erörtert werden. Meine Klassenkameradinnen spielten Platten von den Beatles und den Rolling Stones – ungehemmten jungen Männern in eng anliegenden Hosen, die die Dinge beim Namen nannten. Während in der Genesis diskret steht: *Und er erkannte sie,* sangen sie ganz offen: *Treat me like you did the night before* und: *I can't get no satisfaction.*

Für meinen Vater schienen weltliche Angelegenheiten nicht zu existieren. Sein gesamtes Leben war bis in die kleinsten alltäglichen Dinge auf Gott ausgerichtet. Das Judentum kennt Lobpreisungen zu fast jeder Gelegenheit. Es gibt Lobpreisungen für Brot und andere Nahrungsmittel, für Töne, Düfte und Farben. Mein Vater gebrauchte sie alle. Das tat er, *weil alles, dessen wir uns hier auf Erden erfreuen, ein*

Geschenk des Allmächtigen ist und daher jeglicher noch so kleine Genuß seinen Wert für uns verliert, wenn wir unserem Schöpfer nicht dafür huldigen. Er lobte Gott für den Geschmack von frischem Kaffee und das Zwitschern lächerlicher Spatzen auf der Fensterbank. Er sprach sogar einen Segen über das Tintenfaß, in das er seine Feder tauchte. Bis tief in die Nacht saß er über dem *Führer der Verirrten,* der *Quelle des Lebens* und anderen mystischen Texten.

Beinah jedes Wort aus den heiligen Büchern nahm er wörtlich. Darin ging er so weit, daß er die Erde als Mittelpunkt des Universums betrachtete. Obwohl sogar die größten Dummköpfe schon seit Jahrhunderten vom Gegenteil überzeugt sind, behauptete er, die Sonne drehe sich um die Erde. Er hatte eine Gesellschaft gegründet, die außer ihm drei Mitglieder zählte: einen halbtauben Nachbarn, unseren koscheren Bäcker und einen pensionierten Pelzhändler; sie besuchten dasselbe Gebetshaus wie er und hatten sich seinen exzentrischen Standpunkt aufdrängen lassen. Sie nannten sich die Gebrüder von Gibeon, nach dem Ort, an dem der Heiligen Schrift zufolge die Sonne auf Josuas Befehl einen Tag lang am Himmel stillgestanden hatte. Die Zusammenkünfte, die die Gesellschaft in unserem Wohnzimmer veranstaltete, verliefen geräuschvoll. Mein Vater hielt immer eine lange Ansprache. Das tat er im Stehen, während er kleine trippelnde Schritte machte. Sein Körper schaukelte wie im Gebet, und unter dem Jäckchen seines schwarzen Anzugs fing die weiße Franse des Gebetshemds zu zittern an. Seine Bewegungen hatten etwas Drohendes, wie das Tänzeln eines Boxers im Ring. Alles an ihm war in Aufruhr, auch seine Brille, die ihm ständig auf die Nasenspitze rutschte. Er zitierte Patriarchen, Propheten und Kabbalisten, alle, die nur irgend etwas über die Himmelskörper gesagt oder geschrieben hatten, das ihm in den Kram paßte. Dabei ließ er die Stimme zu ungeahnter Lautstärke anschwellen, vielleicht weil er befürchtete, seine Zuhörer könnten, betagt wie sie waren, vom Schlaf übermannt werden.

Meine Mutter hatte sich mit der Existenz dieses irrsinnigen Vereins abgefunden, doch mein Widerstand wuchs in dem Maße, wie ich älter wurde.

»Du glaubst doch nicht wirklich, daß die Sonne sich um die Erde dreht?« fragte ich meinen Vater.

»Ich glaube es nicht«, antwortete er, »ich weiß es.«

»Und Kepler? Und Galilei?«

»Die irrten sich.«

»Das sagst du in einem Ton, als hätten sie genausogut Tischler oder Schrotthändler sein können.«

»Wahrscheinlich ist das auch so.«

»Und Newton?«

»Was denn, Newton?« rief mein Vater heftig. »Ich berufe mich auf Texte, die Tausende von Jahren alt sind. Dagegen ist dein Newton ein kleines Kind, ein albernes Muttersöhnchen.«

Die Kluft zwischen uns wurde immer tiefer. Als ich achtzehn geworden war und ihm mitteilte, daß ich Journalistin werden wolle, platzte die Bombe. Er hatte gehofft, ich würde heiraten, am liebsten Benjamin Kirschner, einen seiner Schüler, der, wo er ging und stand, ein Gebetbuch an die Brust preßte und errötete, wenn er mir begegnete. Doch mein Vater war sich bewußt, daß kein gottesfürchtiger Mann bereit sein würde, mit einer angehenden Journalistin unter den Heiratsbaldachin zu treten, und daß umgekehrt keine Journalistin ihr Leben mit einem Mann würde teilen wollen, für den die letzten Nachrichten aus mittelalterlichen Bibelkommentaren bestanden. Nach einem grimmigen Streit verließ ich das Haus für immer. Mit einem gemieteten Lieferdreirad voller Taschen und Kartons verschwand ich einsam von der Bildfläche; meine Mutter starrte mir weinend nach. Damit verflüchtigte sich für meinen Vater die Aussicht, einen Rabbiner zum Schwiegersohn zu bekommen. Er hat es mir nie verziehen.

Beim Abschied verfluchte er mich aus tiefstem Herzen. Er rief, ich sei ein undankbarer Hundsfott, und außerhalb des sicheren Schoßes der Familie würde nie etwas aus mir werden. Doch darin irrte er sich genauso gewaltig wie in der Bewegung der Himmelskörper. Ich fand Arbeit beim *Dagblad van het Noorden* in Groningen, bei dem ich nach meiner Ausbildungszeit eine Festanstellung in der In- und Auslandsredaktion bekam.

Anfangs blieb ich mit meiner Mutter in Kontakt, doch unsere spärliche Korrespondenz nahm schon bald ein Ende. Mein Vater hatte sich Asche auf den Kopf gestreut und das Kaddisch, das traditionelle Totengebet, für mich gesprochen. Für ihn existierte ich nicht mehr, ich war ein Geist geworden. Er duldete nicht, daß meine Mutter sich noch weiter mit mir abgab, und berief sich auf das Buch *Levitikus,* wo Gott über Israel sagt: *Ihr sollt euch nicht wenden zu den Geistern der Toten, denn denjenigen, der das tut, werde ich ausrotten aus seinem Volk.* Da fuhr meiner Mutter der Schrecken heftig in die Glieder.

Das letzte Lebenszeichen, das ich von ihr erhielt, war ein Paket. Darin befand sich ein altes, mit Fettflecken übersätes Buch ohne Rücken. Auf dem Umschlag stand in verblichenen Goldbuchstaben: *Rituelles Kochbuch.* Als ich es aufschlug, fiel ein Zettel in ihrer gestochenen schrägen Schrift heraus. Sie habe, so schrieb sie, jahrelang auf eine Gelegenheit gewartet, mir dieses Buch, das noch meiner Großmutter gehört hatte, zu geben. Jetzt sehe sie sich zu ihrem unsäglichen Kummer genötigt, es mir als Abschiedsgeschenk zu senden. Sie wünsche mir viel Erfolg damit und verwies auf Seite 151 mit meiner Lieblingsspeise: Kugel mit Birnen.

Die Seiten sahen mitgenommen aus. Das Buch war 1932 unter Aufsicht von zwei Rabbinern, einem Urologen und einem Arzt für Magen-, Darm- und Stoffwechselerkrankungen erschienen. Es standen Verweise auf die Schöpfung und die Sintflut darin. Wer es benutzte, konnte sich kein Spiegelei braten, ohne auf die Gefahr der Abgötterei, des Mordes und der Zuchtlosigkeit aufmerksam gemacht zu werden. Die Autorinnen, die Damen Glück und Bramson, drängten bis zum Überdruß auf die strikte Befolgung der Speisevorschriften und warnten vor geistiger Verrohung. War das der Grund, weshalb meine Mutter mir das Buch geschickt hatte? Hoffte sie mich vor Verrohung zu bewahren? Als hätten die Ereignisse nach 1932 nicht gezeigt, daß es eine Verrohung gibt, die sich von nichts und niemandem abwenden läßt, weder von Gott noch durch Gebote, nicht von Kirchenvätern oder Politikern und am allerwenigsten wohl durch ein Kochbuch. Der Gedanke daran war von einer geradezu rührenden Lächerlichkeit. Ich stellte mir die Schlagzeilen vor: *Damen Glück und Bramson stürzen Drittes Reich. Jüdisches Kochbuch Pflichtlektüre für Deutsche. Adolf Hitler besiegt von Kugel und Birnen.*

So also lagen die Dinge jetzt. Mein Vater hatte mich für tot erklärt, und meine Mutter war ihm darin, wenn auch zögernd, gefolgt. Sie hatten ihre Tochter ins Reich der Geister verbannt. Und in dem Maße, wie die Jahre verstrichen, wurden sie ihrerseits immer gespenstischer für mich. Was sollte ich Alex, Mirjam und den anderen von meinen Eltern erzählen? Wir hatten uns gegenseitig abgeschafft.

Während unseres Ausflugs nach Amsterdam legte Mirjam eine nachdrückliche Fröhlichkeit an den Tag. Hans erwähnte sie nicht. Und wir – sei es aus

Feigheit, sei es, um die Stimmung nicht zu verderben – vermieden es, uns nach ihm zu erkundigen.

Doch in den darauffolgenden Monaten fiel sein Name häufig. Das geschah meist aufgrund von Veränderungen, die sich in Mirjams und Alex' Haushalt vollzogen. So zeigten wir uns, als wir eines Nachmittags bei Mirjam zu Besuch waren, überrascht von ihrem neuen Teeservice.

»Schön«, sagte ich.

»Lustig, diese gelben Blümchen«, sagte Roos, während sie ihre Tasse gegen das Licht hielt.

Doch Thérèse, die das alte Teeservice höchstpersönlich gebrannt hatte, fragte verletzt: »Was ist denn mit dem andern? Warst du es leid?«

»Ach«, sagte Mirjam und wich Thérèses Blick aus, »ich wollte mal was anderes.«

Später jedoch, als das Gespräch sich längst anderen Dingen zugewandt hatte, rief sie auf einmal: »Es ist fortgespült worden.«

Wir begriffen nicht, wovon sie sprach.

»Thérèses Service«, verdeutlichte Mirjam. »Ich sage es lieber ehrlich: Es ist fortgespült worden.«

»Das wundert mich gar nicht«, sagte Roos. »Deine Geschirrspülmaschine macht solche merkwürdigen Geräusche!«

»Nein«, sagte Mirjam und zeigte in Richtung der Gartentüren, »es ist da hinten im Kanal fortgespült worden. Es hat mit Hans zu tun. Er sagte, mein Service wäre nicht koscher, und ich müßte es rituell reinigen.«

»Reinigen?« fragte ich ungläubig. »In dem Kanal? In den leiten die dreckigsten Betriebe der Stadt ihre Abwasser ein.«

Mirjam schaute hilflos drein. »Er sagte, ich müßte es in natürlich fließendes Wasser eintauchen. Und der Kanal ist das einzige natürliche Wasser in der Gegend. Also bin ich mit Taschen voller Tafelgeschirr in die Nähe der Schleuse gegangen, da, wo die Strömung am stärksten ist.«

»Du bist wohl verrückt geworden«, rief Thérèse aus.

»Ich habe es getan, weil er sagte, er würde sonst nicht mehr zu Hause essen wollen. Und wir sehen ihn sowieso schon so wenig in letzter Zeit.«

Hans wohnte mittlerweile in Antwerpen, wo er sich an einer streng religiösen Schule auf die Abschlußprüfung vorbereitete. Er war bei einer chassidischen Familie in Pension. Da seine Überzeugung ihm nicht erlaubte, am Sabbat zu reisen, und er auch sonntags Unterricht hatte, verbrachte er nur die Ferien zu Hause.

»Ist noch mehr fortgespült worden?« fragte Thérèse.

»Die Töpfe nicht«, antwortete Mirjam, »denn die haben Griffe. Aber sonst eigentlich fast alles, auch das Besteck. Alex wurde böse auf Hans, doch der sagte, es sei unsere eigene Schuld. Kann ich etwas dafür, sagte er, daß ihr wie die Heiden lebt? Ihr kennt noch nicht einmal die einfachsten Vorschriften. Wenn ihr in Antwerpen wohnen würdet, hättet ihr diese Probleme nicht. Dann würde dieses Service jetzt nicht auf dem Boden des Kanals liegen!«

»Und das neue Service?« fragte Roos besorgt, während sie den Inhalt ihrer Tasse inspizierte. »Hast du das auch im Kanal gereinigt?«

»Das wage ich nicht mehr. Wir haben eine andere Lösung gefunden. Hans hat sich Töpfe mitgebracht, die in Antwerpen unter Aufsicht des Rabbinats gereinigt worden sind. Darin kocht er sich sein Essen selber auf einer elektrischen Kochplatte in seinem Zimmer. Und er ißt von Plastiktellern.«

»Mon Dieu!« stöhnte Thérèse.

»Warum läßt du ihm in solchen blöden Dingen seinen Willen?« wollte ich wissen.

Mirjam, die sich durch unsere heftigen Reaktionen verunsichert fühlte, setzte eine verschlossene Miene auf. »Ich möchte seine Auffassungen respektieren«, sagte sie gemessen. »Friedrich der Große hat gesagt, jeder müsse sich auf seine Weise die Seligkeit erwerben. *Jeder soll selig werden nach seiner Façon.* Und ich stimme völlig mit ihm überein.«

»Olala«, sagte Thérèse, »ich wußte nicht, daß Friedrich der Große auch zum Tee kommen würde.«

»Ob der wohl koscher genug ist?« zog ich Mirjam auf. »Mußt du Hans nicht um Erlaubnis bitten?«

»Welcher Friedrich?« fragte Roos, die wie immer schwer von Begriff war.

Wir redeten alle durcheinander.

Mirjam übertönte uns: »Ihr könnt sagen, was ihr wollt, aber ich bewundere Hans. Ich bewundere seine Selbstdisziplin. Früher war er nicht einmal dazu bereit, auch nur eine Stunde lang an seinen Hausaufgaben zu sitzen. Heute kann er nicht genug davon bekommen. Den ganzen Tag hängt er über seinen Büchern, von frühmorgens bis spätabends. Denn ein guter Jude wird man nur durch harte Arbeit, das könnt ihr mir wirklich glauben. Er opfert alles dafür.«

»Sogar seinen Vater und seine Mutter«, sagte Thérèse bissig.

»Das siehst du falsch«, sagte Mirjam. »Es ist für ihn bestimmt genauso schwierig wie für uns. Am liebsten würde er einfach von meinen Tellern essen. Aber er kann es nicht tun, es läuft seinen Prinzipien zuwider.«

»Ein Sechzehnjähriger, der von heute auf morgen heilige Prinzipien hat und seine ganze Umgebung damit tyrannisiert?« sagte Thérèse. »Je m'en fous.«

»Hans ist zu großer Hingabe fähig«, sprach Mirjam, vielleicht um ihre eigenen Zweifel zu überwinden, mit viel Nachdruck. »Einer Hingabe, wie man ihr heutzutage selten begegnet. Seine Vorstellungen vom Judentum stimmen vielleicht nicht ganz mit den unseren überein, aber jedenfalls *lebt* er danach. Daran könnten viele sich ein Beispiel nehmen.«

Bei den letzten Worten sah sie mich von der Seite an.

Wir schwiegen bedrückt. Minuten verstrichen.

Roos, die nur die Hälfte mitbekommen hatte, versuchte, das Gespräch wieder in Gang zu bringen.

»Ein lustiges Service«, sagte sie ungeschickt. »So sonnig mit den gelben Blümchen.«

Mirjam strich sich erschöpft übers Gesicht.

»Findest du? Ach, es ist mal etwas anderes.«

Wir hatten erwartet, daß Alex, sarkastisch und unbeugsam, wie er war, seinen Sohn zur Ordnung rufen würde. Zu unserem großen Staunen wurde auch er immer nachgiebiger. Vielleicht wollte er sich die spärliche Zeit, die Hans zu Hause verbrachte, nicht mit Streitereien vergällen, die ihm den Sohn möglicherweise noch mehr entfremdet hätten. Vielleicht fürchtete er Mirjams Widerstand, die – von Schuldgefühlen geplagt – bereit war, dem Jungen in allem seinen Willen zu lassen. Aber wahrscheinlich dachte er, wie wir es alle zunächst getan hatten, Hans' *jídischkajt* sei nichts weiter als ein Mittel, sich gegen seine Eltern aufzulehnen. Was wußten Isidoor, Roos, Thérèse und ich denn schon von Kindern? Da wir selber keine hatten, enthielten wir uns des Urteils über andere, die so tollkühn gewesen waren, sich welche anzuschaffen.

Aber blind waren wir nicht. Und obwohl wir untereinander Witze darüber machten, sahen wir doch nicht ohne Argwohn, wie die strengen Mores, die Hans in Antwerpen lernte, im Eiltempo von seinem Elternhaus Besitz ergriffen. Auf sein Drängen hin tauchte an fast jedem Türpfosten eine Mesusa auf. Auf sein Drängen hin wurden von den Wänden für orthodoxe Begriffe anstößige Abbildungen entfernt, so daß die meisten Gemälde auf den Dachboden verschwanden. Auf sein Drängen hin trug Mirjam Kleider, die ihre Arme bis zu den Ellbogen und ihre Beine bis über die Knie bedeckten. Auf sein Drängen hin trank Alex keinen Whisky mehr und löste seinen Weinkeller auf. In jeder Veränderung sahen wir die gebieterische Hand von Hans. Hatten die Zeitschriften auf dem Salontisch einem dickleibigen Nachschlagewerk über jüdische Sittenlehre Platz gemacht? Da mußte Hans dahinterstecken. Tauchte ein riesiger achtarmiger Leuchter auf der Fensterbank auf? Den konnte nur Hans dorthin gestellt haben. Isidoor, Roos, Thérèse und ich warfen einander schweigend Blicke zu, in denen jedesmal das gleiche zu lesen war: *Hans, Hans, Hans.*

Schließlich mußte auch der Papagei das Feld räumen.

»Wo ist Joepie geblieben?« fragte Isidoor bei einer unserer Zusammenkünfte erschrocken.

Er stand an der Stelle des Wintergartens, an der der Käfig sich jahrelang befunden hatte. Die erhobene Hand, mit der er den Papagei zwischen den Federn hatte kraulen wollen, fiel schlaff herunter.

Alex machte eine ungeschickte Figur.

»Ach ja, Joepie«, sagte er erstaunt, so als sei ihm die Abwesenheit des Papageis nicht eher aufgefallen.

Mirjam kam ihm zu Hilfe.

»Joepie war schwierig geworden«, sagte sie. »Jedesmal, wenn Hans sein Mittaggebet sprach, kreischte Joepie dazwischen. Ihr wißt doch, wieviel Krach er machen konnte. Kein vernünftiges Wort kam aus ihm heraus. Den ganzen Tag hieß es: hola, Hefezopf, hola, Hefezopf.«

Sie lachte, aber Isidoor erstarrte.

»Du wirst mir doch nicht erzählen, daß ihr Joepie weggegeben habt?«

»Wir haben ihn nicht weggegeben«, sagte Alex, »wir haben ihn bei einem wirklichen Liebhaber untergebracht, bei einem, der noch fünf andere Papageien und einen Kakadu hat.«

»Moment mal«, meinte Isidoor, »das geht über meinen Verstand. Joepie hat immer Radau gemacht, solange ich zu euch zu Besuch komme. Und dann muß das Tier auf einmal verschwinden, nur weil es nicht beten kann?«

»Joepie war ein Problemfall«, sagte Mirjam. »Wir konnten nicht dahinterkommen, ob er ein unreiner Vogel war, doch Hans hatte so seine Vermutungen in diese Richtung. Im Talmud steht zwar nichts über Papageien, aber mit ihrem krummen Schnabel und ihren Klauen ähneln sie Raubvögeln. Und Raubvögel sind nicht erlaubt.«

»Nicht erlaubt von wem?« rief Isidoor böse.

»Vom Rabbinat.«

»Es ist vielleicht verboten, Papageien zu *essen*«, sagte Isidoor, »aber das bedeutet doch nicht, daß man sie sich nicht als Haustier halten darf!«

»Man darf schon, aber Hans sagt, es sei nicht klug, sich mit unreinen Tieren zu umgeben.«

Isidoor traten Tränen in die Augen. »Gott hat diese Geschöpfe doch selber erschaffen. Wenn Hans es besser kann, warum organisiert er sich dann nicht irgendwo an einem abgelegenen Ort seine eigene Schöpfung? Eine Welt ganz für ihn allein, ohne Papageien. Und ohne seinen Vater und seine Mutter, denn die können es ihm anscheinend auch nicht mehr recht machen.«

»Was sagst du da?« rief Alex erregt.

»Komm, bitte«, sagte Mirjam beschwichtigend.

»Nein«, sagte Alex giftig. »Nein, er geht zu weit. Er hat sich nicht in unser Familienleben einzumischen. Dies ist meine Wohnung, und hier bin ich der Herr. Was ich mit meinem Papagei mache oder mit meinem Sohn, geht ihn einen Dreck an!«

Isidoor schnappte nach Luft.

»Reg dich nicht auf«, flüsterte Roos. »Denk bitte an dein Herz.«

Um den Frieden wiederherzustellen, forderte Thérèse die streitenden Parteien auf, sich hinzusetzen und bis hundert zu zählen. Doch Isidoor schüttelte den Kopf.

»Hättet ihr uns Joepie nur gegeben«, sagte er traurig, während er den Rollstuhl, in dem Roos saß, von seiner Stelle schob. »Wir fanden das Tier lieb. Wir hätten es gern zu uns genommen. Darum brauchen wir das Rabbinat nicht zu befragen, wir nicht.«

Grußlos verließ er mit seiner Frau die Wohnung. Es war das erste Mal, daß unsere Gruppe durch Streit gespalten wurde.

Seit Hans in Antwerpen wohnte, waren wir ihm nicht mehr begegnet. Das konnte kaum Zufall sein. Ich verdächtigte Alex und Mirjam, daß sie es darauf anlegten. Jedesmal, wenn Hans seine Ferien in den Niederlanden verbrachte, hielten sie Roos, Isidoor, Thérèse und mich ängstlich fern. Befürchteten sie, ihr Sohn könnte sich an unserem liberalen Verhalten stören? Oder hatten sie Angst, daß wir uns durch sein frommes Geschwätz in die Flucht schlagen lassen würden? Offenbar erwarteten sie nichts Gutes von einem Treffen, und vielleicht hatten sie recht damit.

Sogar als Hans die Schule beendet hatte, bekamen wir ihn nicht zu sehen. Im Sommer nach seiner Abschlußprüfung fuhr er nach New York. Er hatte sich an einem Institut für Talmudstudien in Brooklyn einschreiben lassen. Mirjam strahlte vor Stolz. Am Sabbat nach seiner Abreise kam sie im Gebetshaus auf uns zu. Der Gottesdienst war zu Ende. Wir standen mit einer Tasse Kaffee in der Hand herum und plauderten noch ein wenig.

»Habt ihr es gehört?« sagte sie triumphierend. »Hans studiert zur Zeit in Amerika.«

Wir gratulierten ihr von Herzen.

»Und er hat drüben schon recht viele Freunde«, erzählte sie, »denn er ist der Chabad beigetreten.«

»Der was?« fragte Roos.

»Der Chabad«, wiederholte Mirjam.

»Das ist eine chassidische Sekte«, erklärte ich, »die mit Bussen herumfährt, um abtrünnige Juden zum Glauben zurückzuführen.«

»Es ist keine Sekte«, widersprach Mirjam beleidigt, »es ist eine Bewegung.«

Ich zuckte die Achseln. »Eine Sekte oder eine Bewegung, das ist einerlei.«

»Es sind zwei völlig verschiedene Dinge«, sagte sie pikiert.

»Auf jeden Fall«, fuhr ich in meiner Erklärung zu Roos fort, »ist der Leiter ein uralter Rabbiner namens Menachem Mendel Shneerson, der sich selber zum Propheten oder zum Messias ausgerufen hat oder zu beidem. Er hat Visionen und macht Prophezeiungen. Manche sagen, er sei heilig, andere, wie ich, halten ihn für einen Scharlatan.«

Mirjam protestierte. »Shneerson hat schon Tausende von Kranken mit seinen Gebeten geheilt!«

»Ja«, sagte ich, »er vollbringt heilsame Taten für die Menschheit, aber er tut es nicht umsonst. Er läßt sich für jedes Gebet bezahlen.«

»Na und?« sagte Mirjam. »Ärzte verlangen doch auch Geld für eine Behandlung!«

Ich nickte. »In der Tat. Doch Ärzte haben auch eine Ausbildung hinter sich. Shneerson ist unbefugt.«

»Er braucht keine Ausbildung«, sagte sie, »er ist nämlich ein Seher. Sein Wissen ist angeboren. Er scheint vom Haus König Davids abzustammen.«

Ich lachte auf. »Das ist ein bekannter Trick. In der jüdischen Geschichte hat es haufenweise falsche Propheten und Messiasse gegeben. Der eine behauptete, er sei Moses, der nächste, er sei David oder Elias. Es waren Angeber und Betrüger, die an Größenwahn litten. Überall streuten sie Gerüchte über ihre sogenannten übernatürlichen Kräfte aus, bis sie selber anfingen, daran zu glauben. Die meisten starben eines gewaltsamen Todes, genauso wie Christus, von dem übrigens auch erzählt wird, er stamme geradewegs von König David ab.«

»Das ist schon möglich«, sagte Mirjam, »aber deshalb braucht Shneerson doch noch lange kein Betrüger zu sein. Er hat Anhänger in der ganzen Welt.«

»Anhang ist kein Beweis für Verläßlichkeit. Jeder falsche Messias hat Jünger. Manche haben Millionen Jünger gehabt. Josef Stalin, Adolf Hitler, Mao Tse-tung.«

»Ja, wenn du so anfängst!« sagte sie beleidigt. Sie drehte sich um und schloß sich einer anderen Gruppe an.

Roos rutschte unruhig in ihrem Rollstuhl hin und her.

»Ich verstehe gar nichts mehr«, sagte sie. »Ist dieser Sniepson nun ein Rabbi oder ein Arzt?«

Isidoor wiederholte teils auf rumänisch, teils auf jiddisch, was wir gesagt hatten.

»Ach, so schlimm wird's schon nicht sein«, sagte Thérèse. »Hans ist ein niederländischer Junge. Er ist viel zu nüchtern, als daß er sich von so einem hellseherischen Messias mitreißen ließe. Ich wohne jetzt schon zwanzig Jahre in diesem Land und habe noch nie jemanden in Ekstase geraten sehen. Ils sont trop flegmatiques, les Néerlandais. Sie kennen keine großen Gefühle. Das ist ihre Schwäche und ihre Stärke.«

In gedämpftem Ton sagte Isidoor: »Den sind wir los! Soll er doch in New York bleiben, dann kann er Alex und Mirjam nicht auf die Palme bringen.«

Roos sah besorgt aus. »Und wenn ihr nun falsch liegt?« fragte sie. »Wenn dieser Sniepson sich nun doch als der Messias herausstellt?«

»Das merken wir dann schon«, sagte Thérèse spöttisch, »am Posaunenschall.«

»Und der Wolf wird sich zum Lamm legen«, sprach ich. »Und ein Kind wird seine Hand ausstrecken über dem Auge einer Natter.«

»Darauf trinke ich jetzt«, sagte Isidoor und schüttete den letzten Schluck Kaffee hinunter.

Nicht lange danach fand ich in meiner Post einen Brief von Hans. In seiner fast unleserlichen Handschrift forderte er mich auf, die Ankunft des Messias zu beschleunigen. Das könne ich tun, so schrieb er in kindlichem und schlampigem Niederländisch, indem ich keine Zigaretten rauche, keinen Alkohol trinke und den Sabbat heilige. Er erinnerte mich daran, daß ich einem Volk angehöre, das eine Aufgabe habe, einem Volk, das Licht in die Welt bringen müsse, einem Volk, das Denker wie Spinoza, Freud, Einstein und viele andere hervorgebracht habe, die er alle mit Namen und Zunamen aufführte, so daß sein Brief einer Seite aus einem Telefonbuch glich.

Ich fühlte mich beleidigt, nicht so sehr durch die Botschaft als durch die Anmaßung des Absenders. Was bildete sich dieser selbstgefällige Junge eigentlich ein? Meine Antwort war kurz, aber vernichtend. Ich fing mit einem Zitat von Kafka an:

Der Messias wird erst kommen, wenn er nicht mehr nötig sein wird, er wird erst einen Tag nach seiner Ankunft kommen, er wird nicht am letzten Tag kommen, sondern am allerletzten.

Darunter schrieb ich, daß das jüdische Volk in der Tat imposante Denker hervorgebracht habe, daß jedoch jemand wie Hans, der ihre Namen noch nicht einmal korrekt buchstabieren könne, wohl kaum dazu berechtigt sei, sich verwandt mit ihnen zu fühlen, geschweige denn, mit so einer Verwandtschaft zu prahlen. »Es ist wahr«, schrieb ich, »daß die Welt etwas mehr Licht gebrauchen könnte. Aber nicht alle Juden tragen eine Fackel, ebensowenig wie alle Fackelträger Juden sind.« Ich war im Begriff, die Namen von Erasmus, Dante und so weiter bis hin zu Tschechow zu nennen, doch dann überlegte ich es mir anders. Aus einer meiner Schreibtischschubladen kramte ich ein paar Zwanzigdollarscheine hervor, die ich meinem Brief beilegte. »Mach was Nettes mit dem Geld«, riet ich ihm in einer Nachschrift. »Hast Du den letzten Film von Woody Allen schon gesehen?«

Später sagte Mirjam, Hans hätte sich durch meinen Brief verletzt gefühlt, weil ich einen *deutschen* Schriftsteller zitiert habe. Anscheinend war ihm die Tatsache unbekannt, daß Kafka Prager gewesen war und einer der Denker, auf die die jüdische Geschichte Hans' Meinung nach das strikte Patent besaß. Mirjam berichtete mir auch, er habe meine Dollar dazu benutzt, den Benzintank des Busses zu füllen, mit dem er die Stadt New York auf der Suche nach zu Bekehrenden durchkreuze. Ich hatte Shneersons Missionsarbeit finanziert.

Hans blieb den ganzen Winter und den darauffolgenden Frühling über in den Vereinigten Staaten. Moralisierende Briefe schickte er mir nicht mehr, doch wie es sich für einen guten Missionar gehört, warf er die Flinte nach diesem einen Versuch noch nicht ins Korn. Nachträglich gab er mir reichlich Gelegenheit, meine unsterbliche Seele zu retten. Mit einer gewissen Regelmäßigkeit empfing ich englische Zeitschriften und Farbbroschüren. Ich ließ ihn nie wissen, daß sie mich erreicht hatten, aber ich las sie alle. Es waren kuriose Blättchen propagandistischer Prägung. Wir lebten, so behaupteten die Autoren immer wieder, in einem Jahrhundert der Sünde und des Verhängnisses. Die Schöpfung sei durch und durch verseucht. Überall auf der Welt hätten die Menschen nichts anderes zu tun als zu lästern, zu huren und einander den Hals abzuschneiden, während der Allmächtige es doch ausdrücklich verboten habe. Zum Glück sei die große Wende in Sicht. Das Ende der Zeiten rücke näher, *meschíech* mache sich auf, das Reich Davids auf Erden zu gründen und den zerstörten Tempel wiederaufzubauen. Sündern, die nicht rechtzeitig zur Einkehr kommen, stehe ein schauderhaftes Schicksal bevor. Die Frauen würden von der Krätze befallen, die Männer durch das Schwert sterben, und wenn das nicht helfe, würden alle miteinander von Feuerzungen verzehrt werden.

Die Illustrationen zu den Texten kamen mir bekannt vor. Nicht nur, daß sie kaum von der Art Bildchen zu unterscheiden waren, mit denen die Zeugen Jehovas ihre Zeitschriften illustrieren. Ich fand, daß sie auch eine verdächtig große Ähnlichkeit mit den Abbildungen auf Buchumschlägen und Plakaten aus der Hitlerzeit hatten. Pedantisch gezeichnete Männer und Frauen in tadelloser Kleidung, das Badewasser noch im Haar, schlugen die Augen entschlossen zum Himmel auf. *Wir haben unser Hoffen auf den Herrn gegründet. Führer, wir folgen.*

Irgendwann im Juni rief Mirjam mich an. Sie war ausgelassen wie ein junges Mädchen.

»Hans kommt nächste Woche nach Hause«, sagte sie froh, »und jetzt möchte er, weil er sein Wissen mit anderen teilen will, euch alle einladen. Kannst du dich Donnerstagabend freimachen?«

Ich empfand nicht das geringste Bedürfnis, das betreffende Wissen zu teilen, doch ich wollte Mirjam nicht beleidigen. Schließlich war sie meine Freundin. Und Hans war trotz seines Gehabes der Sohn dieser Freundin. Ich versprach also zu kommen, wenn ich auch erst einen Kollegen der In- und Auslandsredaktion finden mußte, der mir im Tausch für meinen Spätdienst seinen Frühdienst abzutreten bereit war.

Als ich am folgenden Donnerstag am Haus von Alex und Mirjam ankam, konnte ich nur mit Mühe einen Parkplatz finden. Überall auf der Straße und auf dem Gehsteig standen Autos. Im Wohnzimmer saß dichtgedrängt die halbe jüdische Gemeinde. Ganz am anderen Ende teilte Hans Bücher aus, die stapelweise auf dem geschlossenen Klavierdeckel lagen. Er war gewachsen und sehr abgemagert. Statt der Jeans und des Pullovers, in denen er früher immer herumgelaufen war, trug er einen schwarzen, viel zu weiten Anzug. Ich bahnte mir einen Weg zu ihm, während ich links und rechts Hände schüttelte.

»Wie geht es dir?«

»Gut.«

»Wie geht es euch?«

»Gut, gut.«

Ich war erstaunt, so viel Zufriedenheit anzutreffen, während wir in der Redaktion des *Dagblad van het Noorden* eine solche Sturzflut schlechter Nachrichten verarbeiten mußten, daß wir jeden Tag zehn Ausgaben damit hätten füllen können.

Endlich erreichte ich das Klavier.

»Hallo, Hans, kennst du mich noch?« fragte ich und streckte ihm die Hand hin.

Erschrocken, als hätte ich Geschwüre, tat er einen Schritt zurück.

»Ich gebe keine Hand«, sagte er, »nicht Frauen.«

Er erklärte mir umständlich, weshalb es ihm, einem frommen Juden, verboten sei, mich zu berühren. In seinen Augen leuchtete Triumph. Ich wußte, daß seine Entrüstung geheuchelt war. Vor mir waren schon mindestens zwanzig Damen mit ausgestreckter Hand auf ihn zugegangen, und jedesmal hatte er die gleiche Komödie aufgeführt. Vor jeder von ihnen war er zurückgeschreckt, und jede hatte er minutenlang mit Paragraphen aus dem Talmud und der Thora gelangweilt. Ich hatte dazu keine Geduld. Während er noch auf mich einredete, wandte ich ihm resolut den Rücken zu.

In der Küche traf ich Alex neben einem Stapel Kartons mit Gebäck an. Er stellte Plastikbecher auf ein Tablett. Ich gab ihm einen Kuß auf die Wange.

»Bist du schon drinnen gewesen?« fragte er. »Hast du den Großen Guru gesprochen?«

Er lachte, aber er hatte einen gequälten Blick. Einen Augenblick dachte ich, er würde mir sein Herz ausschütten. Doch er riß sich zusammen.

»Willst du mir mit dem Gebäck helfen?« fragte er. »Mirjam ist gerade bei den Nachbarn, um extra Stühle zu holen. Und ich habe heute zwei linke Hände.«

»Sag mir, was ich für dich tun kann.«

Er zeigte auf einen Stapel Plastikteller.

»Auf jeden Teller muß eine Ingwerschnecke gelegt werden.«

Ich stellte die Kartons mit dem Gebäck von dem überfüllten Tisch auf die Anrichte hinüber, doch auch dort war zu wenig Platz, so daß alle weißen Plastikteller und -gabeln durch die Luft segelten.

»*O Gott*«, seufzte Alex. »Jetzt sind die koscheren Teller hin.«

Er sah auf die Uhr.

»Es ist zu spät, um neue zu holen«, sagte er, »die Geschäfte sind zu.«

»Wir können sie doch aufheben«, schlug ich vor.

»Bist du verrückt. Wenn Hans es sieht, ermordet er uns.«

Hilflos sahen wir auf den Fußboden.

»Wegwerfservice«, sagte Alex. »Es macht seinem Namen Ehre.«

Einen Moment lang kämpften wir mit uns. Dann aber machten wir wie auf Verabredung gleichzeitig einen Hechtsprung und grapschten in Panik nach den Tellern. Sie lagen wirklich überall, wir krochen auf allen vieren herum.

»Jetzt noch die Gabeln!« keuchte ich.

»Ja, die Gabeln!« keuchte Alex.

Irgendwann stieß ich mit der Stirn an seine. Unsere Blicke begegneten einander. Ich sah, wie seine Mundwinkel bebten. Wir ließen uns mit Tellern und allem hintenüberfallen und schrien vor Lachen.

»Was habt ihr denn?« rief Thérèse.

Wir lagen zu ihren Füßen auf dem Küchenboden und schnappten nach Luft.

»Die Gabeln«, schluchzte ich.

»Wenn Hans es sieht«, brüllte Alex.

Die Tränen liefen uns über die Wangen.

Als endlich alle Zuhörer Kaffee getrunken, eine Ingwerschnecke gegessen und sich hingesetzt hatten, machte Stella Zilverberg ihr Entree. Da sie wie ich das Gebetshaus selten besuchte, kannte ich sie nur oberflächlich. Sie war von Beruf Maklerin und kleidete sich mit exzentrischer Eleganz. An jenem Abend trug sie ein schickes graues Kostüm und ein schwarzes Hütchen mit Voile. Ihr folgte ein mir unbekannter, schlaksiger junger Mann in getigerten Pants und einem violetten Pullover. Das lange Haar hatte er zu einem Pferdeschwanz zusammengebunden. Wie ein Zombie ging er hinter Stella her und starrte vor sich hin, als sähe er die übrigen Anwesenden nicht. Mirjam stand auf, um sich ihm vorzustellen, doch Stella schüttelte den Kopf und flüsterte so laut, daß alle es hören mußten: »Er gibt niemandem die Hand.«

Ich stieß Thérèse an, die neben mir saß.

»Sollte er auch orthodox sein?« fragte ich leise. »Er sieht gar nicht so aus.«

Thérèse, die in Gedanken versunken war, fuhr erschreckt hoch.

»Was sagst du?« fragte sie. »Wer?«

»Der Junge in den gefleckten Pants.«

»Das ist Stellas Sohn«, sagte Thérèse. »Der ist nicht orthodox, sondern schizophren. Er ist in Behandlung.«

Inzwischen hatte Hans, der vor dem Klavier stand, das Wort ergriffen. Er sprach über die Schrecknisse unserer Zeit. Krieg und Hungersnöte, rief er schulmeisterhaft, Überschwemmungen und andere Naturkatastrophen, Armut und Epidemien, das seien alles Zeichen an der Wand, Geburtswehen des Messias. Wir seien auf dem Grund des Brunnens angelangt. Doch wir müßten uns entscheiden. Wir könnten das Herannahen des *meschíech* durch ein gottesfürchtiges und keusches Leben beschleunigen.

Ich hörte ihm nur halb zu. Ich sah ununterbrochen auf seinen Unterkiefer und das schmuddelige Spitzbärtchen, das dort wuchs. Bei jeder heftigen Bewegung seines Mundes stießen die längsten Haare des Bärtchens an den riesigen Adamsapfel in seinem mageren Hals. Hans stand keinen Augenblick still. Er hüpfte und tänzelte und wiegte den Kopf hin und her. Ich wähnte mich wieder in meinem Elternhaus, wo mein Vater wie in Trance durch das Wohnzimmer getanzt war, während er den Gebrüdern von Gibeon Reden gehalten hatte. Der Schweiß brach mir aus.

»Mir wird schlecht«, flüsterte ich Thérèse zu.

»Wem nicht?« sagte Isidoor, der hinter uns saß.

Hans hatte eines der Bücher vom Klavier genommen und winkte damit.

»Dann werden die Augen des Blinden wieder sehen und die Ohren des Tauben wieder hören!« rief er. »Der Lahme wird springen wie eine Antilope, und die Zunge des Stummen wird jauchzen!«

Ich stand von meinem Platz auf und wand mich zwischen den Reihen durch zur Tür. In der Küche trank ich ein Glas Wasser.

»Geht es wieder?« fragte Isidoor, der mir gefolgt war.

Ich nickte.

Er klopfte mir freundlich auf die Schulter.

»Ich überlege mir schon den ganzen Abend, was ich machen würde, wenn ich so einen Sohn hätte«, sagte er, »aber ich bin noch zu keinem Schluß gekommen. Ich schwanke zwischen Totschlagen und langsamem Erwürgen.«

Auch der Vorsänger unserer Gemeinde kam herein.

Er hatte Isidoors letzte Worte aufgefangen und seufzte: »Erwürgen kommt mir etwas zu radikal vor. Der Junge braucht einfach ein Mädchen. Er muß mal ordentlich bumsen.«

Isidoor legte den Finger auf die Lippen. »Paß

doch auf, Mann«, sagte er, »wenn du solche Reden führst, kommt der Messias nie!«

Während seines Besuchs in den Niederlanden äußerte Hans den Wunsch, ins Heilige Land überzusiedeln. Im September reiste er nach Jerusalem, wo er eine Ausbildung zum Rabbiner begann. Alex und Mirjam lobten seine Talente in den höchsten Tönen. Ob sie nicht merkten, daß eine peinliche Stille eintrat, sobald sie das Gespräch begeistert auf ihren Sohn brachten? Hinter ihrem Rücken machten wir uns gnadenlos lustig über ihren Augapfel.

»So ein Balg!« sagte Thérèse. »Da hat er ein paar Jahre in den Büchern *herumgeblättert* und glaubt, die Weisheit gepachtet zu haben.«

»Wie er da stand und verkündete«, sagte ich, »›Dann werden die Augen des Blinden wieder sehen und die Ohren des Tauben wieder hören!‹ Es war einfach gruselig.«

»Er war genau wie Goebbels«, sagte Isidoor.

Roos, sanftmütig und leichtgläubig, wie sie war, fand, wir seien zu pessimistisch.

»Andere Jungen in seinem Alter werden alkoholabhängig oder drogensüchtig«, sagte sie. »Sie gehen nachts auf die Straße und berauben alte Leute. Seid doch froh, daß Hans die Thora liest. Etwas Gutes nimmt nie ein böses Ende.«

Doch sie überzeugte uns nicht. Wir hatten auf jeden Fall das Stadium hinter uns gelassen, in dem wir den Fanatismus von Hans als unschuldiges Symptom der Pubertät abtaten.

Es war 1992. Ein Jahr zuvor hatte die Chabadbewegung während des Golfkriegs in Israel viel Aufsehen erregt. Als Saddam Hussein drohte, das Land mit irakischen Giftgasraketen zu beschießen, verschanzten sich die Israelis in ihren Häusern. Ritzen an Türen und Fenstern wurden mit Klebstreifen abgedichtet. Jeder, ob jung oder alt, wurde mit einer Gasmaske ausgestattet. Doch während der größte Teil der Bevölkerung mit einem gewaltigen Schrekken und einer Maske vor dem Gesicht unter dem Tisch saß, gingen Chabadnikim ohne Maske auf die Straße. Ihr hellseherischer Führer Shneerson hatte bekanntgegeben, daß das völlig ungefährlich sei. Als die Tatsachen ihm recht gaben, nahm die Popularität der Bewegung zu. Von Tel Aviv bis Jerusalem verrichtete Chabad mit großem Erfolg Missionsarbeit. In Panzerwagen und Kleinbussen fuhren Chabadnikim durch das Land und riefen die Menschen zum Gebet auf. Ihnen schloß Hans sich an.

Inzwischen belästigte er mich weiter mit propagandistischen Broschüren. Außerdem empfing ich im Dezember wieder einen Brief von ihm. Darin berichtete er, er habe eine Pilgerfahrt nach Hebron gemacht, um vor der Grotte von Machpela zu beten. In dieser Grotte, schrieb er, lägen Abraham und Sara, Isaak und Rebekka, Jakob und Lea begraben. Hebron sei, so Hans, die heiligste Stätte der Erde, das Alpha und das Omega. Wo hatten Adam und Eva nach der Vertreibung aus dem Paradies gelebt? In Hebron. Wo hatte König David sich während der ersten sieben Jahre seiner Herrschaft aufgehalten? In Hebron. Und wo würde der Messias am Ende der Zeiten seinen Triumphzug antreten? In Hebron. Es sei eine Schande, daß Palästinenser auf der Grotte von Machpela eine Moschee bauen konnten. Stand etwa nicht schwarz auf weiß in der Schrift geschrieben, daß Abraham die Höhle und das sie umgebende Land für vierhundert Silberlinge gekauft hatte? Hebron sei eine jüdische Stadt. Wenn die Palästinenser das nicht einsehen wollten, müßten sie eben gehen.

Als ich Thérèse den Brief zeigte, erkannte sie die Handschrift sofort.

»Hebst du sie auf?« fragte sie. »Ich zerreiße meine immer gleich beim Empfang.«

»Bekommst du denn auch Briefe von Hans?«

»Aber natürlich. Doch wenn man einen gelesen hat, kennt man sie alle. Die Botschaft ist immer die gleiche, genau wie beim Protestantensender.«

»Schimpft er in seinen Briefen an dich auch auf die Palästinenser?«

»Woher soll ich das wissen, wo ich sie doch ungeöffnet in den Mülleimer werfe«, sagte Thérèse.

»In diesem Brief hier nennt er die Palästinenser räudige Hunde und Lügner. Er schreibt, daß sie, wenn sie nicht freiwillig aus Hebron verschwänden, mit Gewalt vertrieben werden müßten. Das ist ein wenig sanftmütiger Standpunkt für einen angehenden Rabbiner.«

Thérèse seufzte. »Die Palästinenser in Hebron sind auch nicht gerade zimperlich mit den Juden umgegangen. 1929 schlugen sie fast alle Juden in der Stadt tot.«

»Daran haben sich doch nicht *alle* Palästinenser beteiligt?«

»Nein«, gab sie zu, »aber Haß währt lange.«

»Diesen Haß gibt es noch nicht so lange«, sagte ich. »Im Mittelalter lebten Juden friedlich zwischen den Arabern. Die Kalifen waren intelligente und tolerante Gastgeber. Und die Juden ihrerseits waren dankbare Gäste. Nicht nur, daß sie Arabisch zu ihrer Umgangssprache machten, sie schrieben ihre Bücher über Geometrie, Astronomie, Medizin und was du dir sonst noch denken kannst, auch auf arabisch.«

»Dennoch blieben sie Bürger zweiter Ordnung. Sie mußten erkennbare Kleidung tragen und hohe Steuern zahlen.«

»Das schon, aber die Araber standen ihrer Entwicklung nicht im Wege. Im Arabischen Reich blühten sie auf, im Arabischen Reich fühlten sie sich daheim.«

»Sie durften keine Synagogen bauen.«

»Das ist nebensächlich. Sie wurden nicht verfolgt. Sie genossen Ansehen in der Wissenschaft, in der Literatur, im Handel. Und sie brachten es zu hohen Stellungen am Hof.«

Thérèse zuckte mit den Achseln.

»Palastjuden«, sagte sie, »gab es in der christlichen Welt ebensogut.«

»In der christlichen Welt waren Palastjuden die Ausnahme, die die Regel bestätigten. Und die Regel war, daß Juden von Kreuzfahrern abgeschlachtet wurden. Die Regel war, daß Juden von Kosaken über einem Feuer geröstet wurden. Sie waren ihres Lebens nicht sicher. Sie konnten von heute auf morgen verbannt oder in stinkende Ghettos gesperrt werden, weil der König seine Schatzkiste füllen wollte oder weil die Königin unter ihren Hühneraugen litt.«

Thérèse lachte, aber mir war es ernst.

»Die Araber im Mittelalter hatten mehr Respekt vor Juden als die Europäer des zwanzigsten Jahrhunderts. In Europa wurden die großen jüdischen Denker bis vor kurzem mit Dreck beworfen. 1933 erschien in Deutschland ein antisemitisches Buch mit Fotos von Juden. Es hieß *Juden sehen dich an.* Darin war auch ein Foto von Albert Einstein, mit der Unterschrift: *noch nicht gehängt.*«

»Sogar Freud wurde verjagt«, nickte Thérèse, »er konnte die Schikanen nicht mehr ertragen. Haussuchungen der Gestapo, die SA zu Besuch. Aber er mußte sich freikaufen, er durfte erst weg aus Wien, als er eine riesige Geldsumme gezahlt hatte.«

»Im Arabischen Reich war die Beleidigung eines jüdischen Gelehrten undenkbar«, sagte ich. »Da herrschte tiefer Respekt vor dem Wissen, ob es nun von Moslems, Juden oder anderen an den Tag gelegt wurde.«

Thérèse schenkte heiße Schokolade ein. Wir saßen beim Kanonenofen in ihrem Atelier, während der Regen an die Scheiben schlug.

»Also, du findest, daß Juden und Araber sich wieder verbrüdern sollen«, sagte sie.

»Ich weiß nicht, ob wir je Brüder gewesen sind, und ich bezweifle, ob wir es je werden können. Aber wenn man die Thora wörtlich nimmt, sind die Araber die allernächsten Verwandten, die wir haben, unsere Vettern ersten Grades. Daraus müssen wir doch Schlüsse ziehen?«

»Du vergißt«, sagte Thérèse, »daß viele israelische Juden Flüchtlinge aus Marokko, Tunesien, Libyen, dem Irak und dem Iran sind. Dort haben sie Hunderte von Jahren gelebt, wurden jedoch von deinen toleranten Arabern wie Tiere behandelt. Und jetzt sollen sie die gleichen Araber an die Brust drücken? Du darfst nicht das Unmögliche verlangen.«

»Ist das wirklich so unmöglich? Du lebst unter Menschen, die viel Schlimmeres auf dem Gewissen haben als die Araber. Während die eine Hälfte sich bemühte, dich zu ermorden, sah die andere gleichgültig zu. Sie schleppten dich ans Ende der Welt. Dort vergewaltigten sie deine Mutter, vergasten deinen Vater, warfen deine Brüder und Schwestern in eine Grube, ließen deine Tanten verhungern, schossen deine Onkel durch den Hinterkopf. Keine noch so schauderhafte Grausamkeit, die sie nicht begangen hätten. Und zu diesen Menschen bist du zurückgegangen, zwischen diesen Menschen bewegst du dich täglich auf der Straße, zu diesen Menschen sagst du guten Morgen und bitte schön und danke schön.«

»Ja, denn man kann sich nicht dauernd damit beschäftigen. Man leckt seine Wunden, erhebt sich und nimmt den Faden wieder auf.«

»Wenn das möglich ist«, sagte ich, »um wieviel einfacher müßte es dann sein, mit den Palästinensern in Frieden zu leben!«

Je länger Hans in Israel lebte, desto streitlustiger wurde der Ton seiner Briefe. Endlich hatte er eine passende Zielscheibe für seine Frustrationen gefunden. Seine Eltern, gegen die seine Wut sich anfangs gerichtet hatte, hatten sich ihm kaum widersetzt. An den Palästinensern hatte er Feinde von Format. Sie kamen wie ein Geschenk des Himmels. Ihre Existenz legitimierte seine Raserei – die Raserei eines Kindes, das die Tür öffnen will, aber zu klein ist, um die Klinke zu erreichen – und verlieh ihr den Anschein von Erwachsensein. Endlich würde die Welt ihn ernst nehmen. In seinen Briefen, die er fortan mit dem Computer schrieb, wahrscheinlich, um sie zu Dutzenden gleichzeitig verschicken zu können, nannte er die Palästinenser Hurensöhne und Würmer, Syphilitiker, Mörder und Faschisten.

Eines Nachmittags im März stand Mirjam vor

meiner Tür. Ihre blonden Locken waren zerzaust, und auf ihrer Stirn standen Falten, die ich an ihr noch nie gesehen hatte.

»Hast du einen Moment Zeit?« fragte sie, die Hand am Fahrrad.

Sie schlug die Augen nieder, sie hatte seit Monaten nichts mehr von sich hören lassen. Sogar im Gebetshaus hatte sie einen Bogen um mich gemacht.

Ich lachte.

»Was ist?«

»Nichts, ich muß auf einmal daran denken, wie du hier zum ersten Mal geklingelt hast. Du hast mich zu einem jüdischen Abend eingeladen.«

Sie nickte. »Und du hast gefragt, was du da um Himmels willen zu suchen hättest.«

»Du hast gesagt, es würde sehr gemütlich werden.«

»Aber kaum hatte ich Kaffee eingeschenkt und Kekse ausgeteilt, als Isidoor und Roos vom Konzentrationslager zu reden anfingen.«

Wir lachten schallend.

»Ihr wart gerade umgezogen«, sagte ich, »und überall standen Kartons. Du warst hochschwanger, einen Monat später kam Hans zur Welt.«

Ihr Gesicht verfinsterte sich.

»Hans«, sprach sie seufzend, »Hans.«

Während wir ins Wohnzimmer gingen, erzählte sie, daß er nach Hebron aufgebrochen sei.

»Er will dort *bleiben*«, sagte sie mit Nachdruck. »Er ist aus Jerusalem weggegangen, und er hat nicht die Absicht, seine Ausbildung zu beenden. Wir haben nicht einmal seine neue Adresse, nur eine Postfachnummer. Und er wohnt doch wohl kaum in einem Postfach!«

»Was hat er denn vor in Hebron?«

»Zu beten, zu fasten, zu warten. Er sagt, der Messias sei im Anzug.«

»Wie kommt er darauf?«

»Er hat es ausgerechnet.«

»Dann hoffe ich nur, daß er besser rechnen als buchstabieren kann. Die Briefe, die er schickt, sind voller Fehler.«

»Er ist kein Sprachwunder«, gab Mirjam zu. »Aber seine Kenntnis jüdischer Dinge ist enorm.«

»In dem Fall müßte er doch wissen, daß es nicht koscher ist vorherzusagen, wann der Messias kommt. Davon wird im Talmud nachdrücklich abgeraten.«

Mirjam zuckte mit den Achseln.

»Die größten Talmudisten haben Prophezeiungen gemacht«, sagte sie. »Rasch, Nachmanides und wie sie alle heißen.«

»Das beweist nur, daß sogar die größten Talmudisten Dummheiten begangen haben.«

»Hans zufolge muß der Messias in Kürze in Hebron landen, in der Grotte von Machpela.«

»Landen? Kommt er etwa in einem Raumschiff?«

»Es steht geschrieben, daß er niedergehen wird.«

»Es steht so viel geschrieben. Es steht da, daß er niedergehen wird, und es steht da, daß er aus unserer Mitte auferstehen wird. Es steht da, daß Gott ihn schicken wird, wenn die Zeit reif dafür ist, und es steht da, daß Gott sein Kommen beschleunigen wird. Es steht da, daß die Erlösung beginnt, sobald wir unser Leben gebessert haben, und es steht da, daß es erst dann geschieht, wenn wir moralisch völlig auf den Hund gekommen sind. Und es gibt noch viel mehr Stellen, die nicht übereinstimmen. Im Talmud werden all diese Unstimmigkeiten scharfsinnig zurechtgerückt, so daß sich hinterher niemand beschweren kann, er sei an der Nase herumgeführt worden.«

»Du denkst also, daß alles Betrug ist?«

»Die Geschichten über den Messias sind so doppeldeutig und rätselhaft, daß sie uns reichlich Gelegenheit geben, *uns selbst* zu betrügen. Ist die Erlösung immer noch nicht gekommen, weil wir in Sünde leben? Oder leben wir im Gegenteil nicht sündig genug? Mir ist das alles zu hoch.«

»Hans sagt, daß schon eine ganze Menge Messiasse zur Welt gekommen und wieder gestorben seien. Sie seien bereit gewesen, die Welt zu erlösen, nur die Welt sei für sie nicht bereit gewesen.«

»Hans sagt, Hans sagt«, wiederholte ich ungeduldig. »Es wird in der Tat behauptet, daß jede Generation ihren Messias habe. Aber an anderer Stelle steht, der Messias sei ein außergewöhnlicher Sonderling, der alle vorangegangenen Propheten in den Schatten stelle, einer, der Salomon an Weisheit übertreffe und erhabener sei als Moses.«

Mirjam wandte gekränkt den Kopf ab. Als sie mich wieder ansah, schlummerte Argwohn in ihrem Blick.

»Glaubst du überhaupt an den Messias?« fragte sie.

»Ich weiß nicht, was ich glauben soll.«

»Sehnst du dich danach, daß er kommt?«

»Früher oder später wird er schon auftauchen, aber ich will lieber gar nicht dran denken.«

»Wie meinst du das?«

»Ich fürchte, daß der Messias von Hans uns wenig Gutes bringen wird. Er ist ein Tyrann von der schlimmsten Sorte. Wer ihm nicht gleich gefällt, den schleudert er ins Flammenmeer. Wer sein Maschinengewehr nicht frohgemut zu einer Pflugschar umschmiedet, wird mit dem Tod bestraft. So gründlich hat nicht einmal Stalin mit seinen Opfern abgerechnet. Der schickte noch ab und zu einen nach Sibirien, zum Holzfällen.«

»Aber was willst du dann?« fragte Mirjam. »Man kann die Welt nicht erlösen, wenn man das Böse nicht ausrottet.«

»Ist dir jemals der Gedanke gekommen«, sagte ich, »daß die Welt überhaupt nicht zu retten *ist*? Wenn die Menschen es lassen könnten, einander den Schädel einzuschlagen, warum haben sie es dann nicht schon längst getan? Nichts steht ihnen im Wege, noch heute einen vielversprechenden Anfang damit zu machen, oder sagen wir, morgen, wenn sie von der Arbeit heimkommen.«

»Sie können es schon, aber nicht ohne Hilfe. Genau deshalb brauchen sie den Messias.«

»Unsinn«, sagte ich. »Die Christen haben ihren Messias schon fast zweitausend Jahre, und es hat ihnen überhaupt nichts geholfen.«

Mirjam verzog den Mund.

»Wenn du nicht an das Kommen des Messias glaubst, stellst du dich außerhalb des Judentums«, sagte sie. »Wenn du ihn nicht mit aller Kraft herbeisehnst, verwirfst du im Grunde die ganze Thora. Das sagt Hans.«

»Zum Glück bin ich für meine Seligkeit nicht auf Hans angewiesen«, entgegnete ich giftig.

»Wie meinst du das?«

»Gestern wußte er den Unterschied zwischen Genesis und einem Loch im Boden noch nicht, aber heute meint er, er sei der größte Schriftgelehrte aller Zeiten. Und ihr unterstützt ihn dabei. Ihr ladet sogar eure besten Freunde ein, damit er ihnen mit Hölle und Verdammnis droht.«

»Sprichst du von der Rede, die er gehalten hat? Du bist die einzige, die daran Anstoß genommen hat.«

»Alle haben Anstoß daran genommen, alle finden, daß Hans ein eingebildetes Ekel ist, das dringend eine Tracht Prügel bräuchte. Aber ich bin eine der wenigen, die das laut sagt.«

»Alex und ich sind auch nicht mit allen seinen Auffassungen einverstanden«, sprach Mirjam gemessen, »doch sein Durchsetzungsvermögen und seine Begeisterung beeindrucken uns. Früher rannte er den ganzen Tag hinter einem Fußball her. Sein Interesse am Judentum hat seinem Leben eine Richtung gegeben.«

»Das ist ja schön und gut«, sagte ich, »aber deshalb braucht er doch das Leben aller anderen nicht mit Gewalt in diese Richtung zu drängen. Das gleiche gilt für dich. Ich wünsche nicht, von dir ins Kreuzverhör genommen zu werden!«

»Ins Kreuzverhör?«

»Ob ich an das Kommen des Messias glaube? Ob ich nicht heimlich am Heil der Menschheit zweifle? Ob ich wohl eine gute Jüdin bin? Wer hat darüber zu entscheiden? Ihr, die ihr aus dem Judentum eine Theatervorstellung macht? Daß ich nicht lache.«

Mirjam stand auf.

»Mein Gott, was für ein Gift!« sagte sie, während sie in ihre Jacke fuhr. »Ich wußte es, aber Alex behauptete, ich bilde es mir ein. Nie hast du etwas für die jüdische Gemeinde getan. Du sahst zu, wie wir uns abrackerten, um Leute zusammenzukriegen, einen Rabbiner und einen Vorsänger zu finden, Gottesdienste zu organisieren. Nie hast du einen Finger gerührt. Kein Wunder, daß du Hans nicht leiden kannst. Er verkörpert alles, was du nicht bist. Er geht seiner Verantwortung nicht aus dem Weg, er lebt ganz im Sinne der Thora.«

Sie ging aus dem Zimmer, doch ich folgte ihr.

»Er schickt Briefe herum, in denen er die Palästinenser als Würmer und Syphilitiker beschimpft«, rief ich ihr nach. »Am liebsten würde er sie heute noch aus Israel verjagen. Ist das etwa im Sinne der Thora? Wäre er doch auf dem Fußballplatz geblieben, dann würde er beträchtlich weniger Unheil anrichten!«

Mirjam bebte vor Entrüstung. »Er hat wenigstens den Mut, an etwas zu glauben«, sagte sie. »Und daraus macht er kein Hehl. Ja, er ist sich seiner Sache sicher. Mußt du ihm denn seine Sicherheit vorwerfen, nur weil du an allem zweifelst?«

Sie war schon draußen und rüttelte erregt am Schloß ihres Fahrrads.

»Weißt du, weshalb der Talmud sagt, daß wir keine Prophezeiungen über das Kommen des Messias machen dürfen?« fragte ich in der Tür stehend. »Weil wir, wenn er nicht zum erwarteten Zeitpunkt erscheint, verzweifeln könnten. Und verzweifelte Menschen sind zu den abscheulichsten Dingen fähig.«

Sie reagierte nicht. Ohne mich eines weiteren Blickes zu würdigen, stieg sie auf ihr Fahrrad und verschwand um die nächste Straßenecke.

In den folgenden Monaten hatte ich viel zu tun. Im Mai zog das *Dagblad van het Noorden* in ein neues Gebäude am Rande von Groningen um. Und als ich mich dort einigermaßen zurechtgefunden hatte, wurde ich von der In- und Auslandsredaktion in die Lokalredaktion versetzt. Schon bald entdeckte ich, daß ich viel zuwenig von Gemeindepolitik im allgemeinen und der Groningens im besonderen wußte. Die Stadt entpuppte sich als eine Welt für sich, mit eigenen Kräfteverhältnissen und Interessenkonflikten. Früher hatte ich vorwiegend Schreibtischarbeit verrichtet, jetzt war ich fast ständig auf Achse. In der Lokalredaktion gab es so etwas wie Früh- und Spätdienst nicht – alle Journalisten waren von morgens bis abends beschäftigt. In meiner knapp bemessenen Freizeit studierte ich alte Protokolle von Stadtratssitzungen und andere Archivstücke, denn ich hatte einen riesigen Informationsrückstand. Neben der Arbeit kam ich zu fast gar nichts.

Hans schickte mir weiterhin Briefe und Broschüren, doch Thérèses Beispiel folgend, warf ich fortan alle Umschläge mit seiner kritzeligen Handschrift ungeöffnet in den Mülleimer. Ich tat es ohne die geringsten Gewissensbisse. Viel schwerer fiel es mir, seine Eltern zu ignorieren. Seit unserem Streit hatte Mirjam mich nicht mehr angerufen. Und auch ich unternahm nichts, um die eisige Stille zu durchbrechen. Weil ich mir in der Sache keinen Rat wußte, besuchte ich keine einzige jüdische Zusammenkunft mehr. Ich mied sogar die Gesellschaft von Isidoor, Roos und Thérèse. Dabei fühlte ich mich immer schuldiger. Warum hatte ich es für nötig gehalten, Mirjam die Wahrheit zu sagen? Warum hatte ich unsere Freundschaft aufs Spiel gesetzt? Ist Freundschaft nicht viel wichtiger als welche Wahrheit auch immer?

Eines Abends im August rief meine Mutter mich an. Ich erkannte ihre Stimme, doch die Verbindung war schlecht. Ein unheimliches Pfeifen erklang im Hörer, als befände sie sich am Nordpol, wo ein Schneesturm sie umzuwehen drohte.

»Der Herr hat's gegeben, der Herr hat's genommen«, hörte ich sie sagen. »Gelobt sei der Name des Herrn!«

Verrichtete sie Missionsarbeit unter Eisbären?

»Bist du es, *máme*?«

»Du brauchst nicht so zu schreien«, sagte sie, »ich verstehe dich schon.«

»Ja, aber ich kann dich kaum verstehen.«

»Dein Vater ist tot. Sein Herz hat aufgehört zu schlagen. Es geschah, als er sein Morgengebet sprach. Er fiel auf einmal vornüber auf den Fußboden und bewegte sich nicht mehr.«

Wieso, *bewegte sich nicht mehr*? Ich sah meinen Vater wieder vor mir, wie er bei den Zusammenkünften der Gebrüder von Gibeon in Ekstase geriet. Wie er, vom Klang der eigenen Stimme aufgepeitscht, zitterte und tanzte. Keinen Augenblick hatte er stillgestanden, aber war er jemals in Bewegung gewesen? Mit seinen versteinerten Idealen war er genauso unbeugsam gewesen wie eine Salzsäule.

Ich bemühte mich krampfhaft, etwas zu empfinden, doch es gelang mir nicht. Auch meine Mutter war ruhig. Sie erweckte nicht den Eindruck, als müsse sie irgendeinen Schmerz bezwingen.

»Er ist gestorben, wie er gelebt hat«, sagte sie nüchtern. »In der Hand des Allmächtigen.«

Sie hatte recht, er war ein Werkzeug in der Hand seines vermeintlichen Schöpfers gewesen. Solange ich ihn kannte, hatte er strengen Gesetzen blindlings gehorcht. Tagaus, tagein hatte er sich über die Schrift gebeugt, ohne die Spur einer Zuneigung zu den darin beschriebenen Figuren und ohne das geringste Verständnis für ihre Schwächen. Auch die größten Helden der jüdischen Geschichte waren zu ihrer Zeit vom rechten Weg abgewichen, sogar die standhaftesten Patriarchen und tapfersten Könige hatten Augenblicke der Schwäche gekannt. List und Betrug, Mord und Totschlag, Liebe und Lust: Nichts Menschliches war ihnen fremd gewesen, weil sie mitten im Leben gestanden hatten. In seinem Hochmut hatte mein Vater sich über sie und außerhalb der Welt gestellt. In der Tat, er war unbescholten gewesen. Aber wie verdienstvoll ist die Unbescholtenheit eines Menschen, der sich nie irgendeiner Versuchung ausgesetzt hat?

Ich versprach, zu seinem Begräbnis zu kommen, obwohl ich das niemandem schuldig war, zuallerletzt wohl dem Verstorbenen selbst, der mich vor vielen Jahren für tot erklärt hatte und seitdem unversöhnlich bei dieser Einstellung geblieben war.

Am nächsten Tag brach ich in aller Frühe nach Putte, gleich an der belgischen Grenze, auf. Dort, südlich von Bergen op Zoom, lassen fromme belgische Juden sich schon seit Generationen begraben, nicht weil sie das vorziehen würden, sondern weil sie im eigenen Land keine angemessene Ruhestätte bekommen. Nach jüdischer Vorschrift müssen die Toten unangerührt bleiben, bis der Messias sie am Jüngsten Tag aus dem Staub erweckt. Doch das dauert den Belgiern zu lange, dazu geben sie ihren guten Staub nicht her. Nach dem belgischen Gesetz muß ein Grab geräumt werden, bevor es hundert Jahre alt ist. So kommt es, daß Juden, die keine zehn Pferde zu ihren Lebzeiten dazu bringen könnten, Belgien zu verlassen, nach ihrem Tod doch noch zur Emigration gezwungen werden. Auch mein Vater war so ein postumer Aussiedler.

Als ich beim Friedhof ankam, war es dort schwarz von Hüten und weiß von Bärten. Es hatten sich ungefähr fünfhundert Leute versammelt, um meinem Vater die letzte Ehre zu erweisen. Die Zeit der Trauer um die Zerstörung des Tempels war gerade vorüber. Die Anwesenden, die tagelang in einer halbdunklen Synagoge den traditionellen Klageliedern gelauscht hatten, warteten still auf den Anfang der Feierlichkeiten. Mit weichen Knien begab ich mich in die Menge. Es dauerte eine Weile, bis ich meine Mutter entdeckt hatte. Sie sah älter und grauer aus, als ich sie in Erinnerung hatte.

»Ich hätte dich fast nicht mehr erkannt«, sagte ich auf jiddisch.

»In zwanzig Jahren sind eine Menge Falten dazugekommen«, entgegnete sie spröde.

Wir standen einander wie Wildfremde gegenüber.

»Hat *táte* noch über mich gesprochen?« Ich fragte es gedämpft, flüsternd fast.

»*Der táte?*« Sie sah mich forschend an. »Über dich?«

»Er wird doch wohl noch irgend etwas gesagt haben, er wird doch meinen Namen irgendwann einmal fallengelassen haben?«

Ich suchte nach einem Anflug von Teilnahme in ihrem Gesicht, doch ihre Augen blieben kalt wie Eis.

»Ich wüßte nicht, weshalb.«

»Vielleicht hat er mich vermißt.«

»Wenn dem so war, hat er es nie merken lassen.«

»Wirklich nie?«

»Du hast ihm nichts vorzuwerfen. Du verdankst dir alles selber.«

»Er hat sich Asche auf den Kopf gestreut, er hat mich verstoßen.«

»Du hättest einen Brief schreiben können. Du hättest soviel tun können, du hättest mit ihm reden können.«

»Reden, mit ihm? Mit ihm war nicht zu reden.«

»Du hast dich überhaupt nicht verändert«, sagte sie bitter. »Du denkst nur an dich selber. Bist du hierher gekommen, um deinen Vater in den Schmutz zu ziehen? Nur zu! Er kann sich nicht mehr wehren.«

In diesem Augenblick hob der Vorsitzende des Beerdigungsvereins zu beten an.

Er, der Fels, seine Werke sind vollkommen, gerecht und wahrhaftig ist er. Ist er nicht dein Vater, der dich gezeugt und gemacht hat? Hat er dir nicht deine Bestimmung gegeben?

Die Menge begann zu murmeln und sich zu wiegen. Meine Mutter wurde in einer Wellenbewegung nach vorn geschoben, wo der Sarg, in dem mein Vater lag, sich geheimnisvoll hob, als schwebte er. Dann setzte der Zug sich sanft in Bewegung.

Ganz hinten ging ich, tränenblind, während aus Hunderten von Kehlen der alte Psalm erklang: *Seine Engel werden dich behüten, wohin du auch gehst. Auf den Händen werden sie dich tragen, daß du deinen Fuß nicht stößt an einem Stein.* Immer wieder wurde die Bahre ehrerbietig hingestellt, und immer wieder drängten sich neue Träger, sie aufzunehmen. Als sie ihre Fracht endlich in die Erde sinken ließen, drehte ich mich um. Der Weg war wie aus Schaumgummi. Mit den schwankenden Schritten eines Raumfahrers ließ ich die Trauernden immer weiter zurück, bis sogar ihr vielstimmiges Gebet unhörbar geworden war.

Auf dem Rückweg nach Groningen weinte ich vor Wut. Es war meinem Vater anscheinend gelungen, mich nicht nur aus seinem Haus, sondern sogar aus seinen Gedanken zu verbannen. Mich, die Tochter, auf die er in Ermangelung von Söhnen seine Hoffnung gesetzt hatte, die Tochter, die er großgezogen hatte, als sei sie für das Rabbinat wie geschaffen. Jahrelang hatte ich mich seiner strengen

Disziplin unterworfen. Während andere Mädchen in meinem Alter mit Puppen spielten, lernte ich unter seinem wachsamen Auge Hebräisch und las die Thora. Doch als ich eines Tages mein Schicksal selbst in die Hand nahm, strich er meinen Namen aus dem Buch des Lebens. Und seitdem war ich meiner Existenz nie mehr ganz sicher.

Grimmig trat ich auf das Gaspedal. Ich schaute durch die Frontscheibe zur Sonne empor. Drehte sie sich etwa doch insgeheim um die Erde, ohne daß jemand etwas davon merkte, nur weil mein Vater es so gewollt hatte?

Als ich zu Hause ankam, hatte ich Kopfschmerzen. Ich zog die Gardinen zu und sank auf dem Sofa im Wohnzimmer in einen tiefen, kurzen Schlaf. Am frühen Abend wachte ich auf. Der Schmerz hatte sich bis direkt hinter meine Augen zurückgezogen, doch das Hämmern nahm an Heftigkeit zu, sobald ich an das Begräbnis und die Bissigkeit meiner Mutter zurückdachte. Um mich abzulenken, schaltete ich den Fernseher ein.

Ich landete in einem Dokumentarfilm über das schwarze Nashorn in Simbabwe. Ein Biologe berichtete, das Tier werde immer noch seines Horns wegen gejagt, von dem es heißt, es steigere, zu Pulver vermahlen, die männliche Potenz. Drogisten, Quacksalber und Schamanen verkauften das Zeug zu Wucherpreisen. Um zu verhindern, daß die übriggebliebenen achtzehn Exemplare des schwarzen

Nashorns diesem Aberglauben ebenfalls zum Opfer fallen, hatten Naturschützer beschlossen, ihr Horn zu entfernen. Von einem kleinen Flugzeug aus wurden die Tiere betäubt. Danach sägte einer das Horn mit einer Black & Decker direkt über der Wurzel ab. Das Kreischen der Säge ging mir durch Mark und Bein, ich wandte den Blick ab. Als ich wieder hinsah, war eins der Tiere gerade zu Bewußtsein gekommen. Benommen rappelte es sich auf. Sein Horn lag neben ihm auf dem Boden. Auf seinem Kopf war ein dunkler Stumpf zurückgeblieben. An beiden Seiten blinzelten zwei kleine Augen fassungslos einem hornlosen Horizont zu.

Schnell schaltete ich auf einen anderen Sender um. Da liefen die Nachrichten bereits. Aufgeregte Männer mit Hüten und Schläfenlocken schoben sich über das Bild. Einen Augenblick erwartete ich, den Sarg meines Vaters zu sehen. Doch es war nicht Putte, es war Israel.

In den Straßen von Hebron kam es heute zu heftigen Auseinandersetzungen zwischen jüdischen Kolonisten und Palästinensern. Dabei eröffnete einer der Kolonisten plötzlich das Feuer. Ein sechzehnjähriger Palästinenser wurde von drei Kugeln getroffen und starb auf dem Weg ins Krankenhaus. Der Täter, ein einundzwanzigjähriger jüdischer Mann niederländischer Herkunft, konnte von israelischen Soldaten überwältigt werden. Er sagte, er habe im Auftrag Gottes gehandelt.

Das war Hans, es gab keinen Zweifel! Einige Sekunden lang füllte sein Gesicht den ganzen Bildschirm. Um seine Lippen spielte das gleiche triumphierende Lächeln wie damals in der Wohnung seiner Eltern, als er sich geweigert hatte, mir die Hand zu schütteln.

Hebron im besetzten Westjordanland ist schon seit Jahren der Schauplatz des Krieges zwischen Palästinensern und jüdischen Extremisten. Anlaß zu den immer neu auflodernden Feindseligkeiten ist die Grotte von Machpela, in der der Überlieferung nach Abraham, der Stammvater sowohl der Juden wie der Islamiten, begraben liegen soll. Beide Gruppen betrachten diesen Ort als Wiege ihrer Kultur und beanspruchen das Eigentumsrecht des Grabes für sich.

Einige Bewohner des kleinen jüdischen Viertels von Hebron kamen zu Wort. Hinter ihrem Rücken erhob sich dramatisch die Stacheldrahtsperre, mit der sie sich von der Außenwelt abgeschlossen hatten. Sie erklärten, kein Jude in Hebron sei sicher vor dem Haß der Palästinenser. Manche nannten den Mord ein trauriges, aber unvermeidliches Zusammentreffen verschiedener Umstände. Andere brachten ganz offen ihre Billigung oder Bewunderung der Tat zum Ausdruck. Hans habe, sagten sie, den Palästinensern gegeben, was sie verdienten, Auge um Auge und Zahn um Zahn. Einer von ihnen holte eine Pistole aus seiner Hosentasche unter der herabhängenden Franse seines Gebetshemds hervor und schwenkte sie wild vor der Kamera hin und her. »Sie glauben doch nicht etwa, daß wir uns unbewaffnet auf die Straße wagen?« rief er schrill. »Hier herrscht das Gesetz des Dschungels! Man hat uns in die Löwengrube geworfen, genau wie Daniel, wir leben hier mitten unter den wilden Tieren!«

Ich stand auf und ging wie ein Schlafwandler durch die Wohnung, vom Zimmer in die Küche und wieder zurück. Unterwegs verrichtete ich völlig sinnlose Handlungen, ich nahm eine Zeitschrift vom Tisch und legte sie wieder an die gleiche Stelle zurück, ich zog eine Schublade auf und schob sie wieder zu. Die Kopfschmerzen waren vergessen, ich wurde von einem Gefühl akuter Panik übermannt, das alle Sinne betäubte.

Nach einer Weile wählte ich Thérèses Telefonnummer, doch es meldete sich niemand.

Bei Isidoor und Roos hatte ich mehr Glück.

»Ja«, sagte Isidoor mit einem Seufzer, »wir haben es auch gesehen.«

»Vielleicht war es gar nicht Hans«, sagte ich. »Vielleicht war es einfach jemand, der ihm täuschend ähnlich sieht.«

»Nein, es war ganz bestimmt Hans. Thérèse hat Alex und Mirjam schon angerufen. Wir gehen zu ihnen, Roos und ich sind gerade im Aufbruch.«

»Glaubst du«, sagte ich zögernd, »daß ich auch hingehen kann?«

»Das kommt ganz darauf an«, sagte Isidoor scharf. »Wenn du meinst, sagen zu müssen, daß Hans besser auf dem Fußballplatz hätte bleiben sollen, komm bitte lieber nicht. Das können Alex und Mirjam sich nämlich selber denken, dazu haben sie dich nicht nötig.«

Anscheinend hatte Mirjam ihm alles von ihrem Zusammenstoß mit mir erzählt.

»Über anderer Leute Fehler ist leicht lachen«, sagte er. »Roos konnte nach dem Lager keine Kinder mehr bekommen. Das haben wir immer schrecklich gefunden. Aber heimlich denke ich manchmal, daß wir froh darüber sein können. Ich weiß nicht, was ich getan hätte, wenn Hans *mein* Sohn gewesen wäre. Hätte ich mich mit ihm angelegt? Hätte ich ihm die Tür gewiesen? Und hätte das geholfen? Ich befinde mich in der glücklichen Lage, daß ich es mich nicht zu fragen brauche.«

»Glaubst du, daß Mirjam mich noch sehen will?« fragte ich.

»Ich weiß es nicht«, sagte Isidoor. »Es würde mich nicht wundern, wenn sie an einem Abend wie diesem keine Lust dazu hätte. Aber darum geht es doch nicht. Es geht darum, ob du es der Mühe wert findest, es zu versuchen.«

»Ich möchte es gern versuchen«, sagte ich.

»Dann sehen wir dich dort«, sagte Isidoor, »in einer Viertelstunde.«

Im Auto spürte ich, wie ich vor Scham glühte. Isidoor hatte recht. Was wußten wir davon, wie es war, Kinder zu haben und ein Leben lang für sie zu sorgen? Ich erinnerte mich daran, wie Mirjam vor vielen Jahren, als Hans noch ein Kind war, erzählt hatte, daß sie nachts vor Angst, es könnte ihm etwas zustoßen, nicht schlafen konnte. Mit weit aufgesperrten Augen und gespitzten Ohren habe sie im Dunkeln gelegen, bereit, beim geringsten Geräusch aufzuspringen und jeder Gefahr zu Leibe zu rücken. Weder Tod noch Teufel hatte sie gefürchtet.

Hat meine Mutter in ferner Vergangenheit auch so leidenschaftlich über mich gewacht? Vielleicht, vielleicht. Ab meinem achtzehnten Lebensjahr jedenfalls nicht mehr. Weil mein Vater mich verstieß und das Buch *Levitikus* es rechtfertigte, spielte ich von diesem Zeitpunkt an keine Rolle mehr in ihrem Leben.

Mirjam und Alex hingegen hatten ihren Sohn wider besseres Wissen weiterhin geliebt. Je mehr er sich ihnen entfremdete, desto inniger hatten sie ihn ins Herz geschlossen. Je verschrobener er sich benahm, desto heftiger hatten sie ihn Dritten gegenüber verteidigt. Gegen ihre eigenen Zweifel und den Spott der halben Welt hatten sie sich behauptet. Dazu war Mut nötig, die Art von Mut, an der es meinen Eltern gefehlt hatte.

Auf mein Klingeln hin machte Thérèse auf. Sie küßte mich flüchtig, als hätten wir einander gestern noch gesehen. Nervös folgte ich ihr in den Wintergarten. Dort saßen Alex, Mirjam, Isidoor und Roos.

»Was ihr braucht«, hörte ich Isidoor sagen, »ist der Rat eines Fachmanns. Nicht irgendeinen Rechtsanwalt, sondern einen sehr guten.«

»Den werden wir auch finden«, sagte Alex. »Aber wir haben es ja heute nachmittag um fünf erst gehört. Da kann man kaum noch etwas in die Wege leiten.«

Niemand wunderte sich darüber, daß ich hereinkam. Isidoor schob mir einen Stuhl hin, und ich wurde wie von selbst, achtlos fast, ins Gespräch einbezogen.

»Ob sie es bei der Zeitung wissen?« fragte Alex mich.

»Ich bin heute nicht zur Arbeit gegangen«, sagte ich, »aber morgen kann ich es leicht in Erfahrung bringen.«

»Wenn es etwas gibt, worauf ich keine Lust habe«, seufzte Mirjam, »dann ist es der Besuch von Journalisten.«

Sie legte kurz ihre Hand auf meine.

»Das gilt natürlich nicht für dich«, sagte sie.

Alex fing an zu weinen. Die Tränen liefen ihm über die Wangen, und er tat nichts, um sie zu aufzuhalten. Es war, als bemerke er sie nicht einmal. Bewegungslos saß er am Tisch, und sein Gesicht wurde immer nasser.

»Wir hätten ihn nie nach Hebron gehen lassen dürfen«, sagte Mirjam leise. »Da sitzen alle Verrückten von ganz Israel auf einem Haufen. Die haben ihn natürlich vor ihren Karren gespannt. Mit einer Pistole herumlaufen, geschweige denn damit schießen, ist nichts für Hans. Als er klein war, habe ich ihn einmal zum Tierarzt mitgenommen. Joepies

Krallen mußten gestutzt werden, doch der Mann schnitt zu weit ein, und es fing an zu bluten. Hans schluchzte los, einfach schrecklich. Er konnte nie Blut fließen sehen.«

»Das war das Blut eines Papageis«, sagte Alex griesgrämig. »Mit dem Blut von Palästinensern hat er anscheinend weniger Probleme.«

»Vielleicht hat der Junge ihn provoziert, man weiß es nicht«, sagte Mirjam.

»Wie denn?« fragte Alex. »Er hatte keine Waffe, sie haben ihm die Taschen geleert und nichts gefunden, nicht einmal ein Messer.«

»Man weiß es nicht«, sagte Mirjam.

»Wir wissen es *wohl*«, rief Alex. »Hans hat gestanden. Und um ihn herum eine Meute von Zeugen.«

»Es ist nicht zu glauben«, murmelte Mirjam. »Vorgestern hat er noch angerufen. Er bat mich, Socken für ihn zu kaufen. ›Die Socken sind hier so schlecht‹, sagte er, ›nach einer Woche laufe ich schon mit Löchern herum.‹«

»Er ist auch noch stolz darauf!« sagte Alex, indem er die Hände vors Gesicht schlug. »Er soll gesagt haben, daß er den Weg für den Messias frei machen wolle. Und das glaube ich gerne. Wir bekamen schon monatelang die wahnsinnigsten Briefe von ihm.«

»Ja«, sagte Mirjam. »Er hatte Träume, in denen Jesaja und Jeremia ihm erschienen.«

»Sie gaben ihm Aufträge und Weisungen«, sagte Alex. »Er sollte den Namen Amaleks unter dem

Himmel auslöschen. Solche Sachen. Er fühlte sich zu Taten berufen, er hielt sich für einen Helden.«

Mirjam nickte.

»Er war völlig verwirrt. Ich habe ihm noch ein Fläschchen Baldriantropfen geschickt.«

»Es hat alles in Antwerpen angefangen«, sagte Alex. »Ich hätte nie erlauben dürfen, daß er die Schule verläßt. Aber ich hatte viel zu tun, ich hatte gerade erst mit einem neuen Projekt angefangen und arbeitete sechzehn Stunden am Tag. Hans war wirklich meine letzte Sorge, meine allerletzte.«

Isidoor versuchte ihn zu trösten.

»Ihr seid nicht dafür verantwortlich«, sagte er.

»Hör doch auf!« sagte Alex. »Ich bin sein Vater. Wenn ich nicht verantwortlich bin, wer ist es dann?«

»Sogar Hans ist nicht verantwortlich«, sagte Isidoor. »Einer, der denkt, er bekomme Aufträge von Jesaja und Jeremia, ist nicht zurechnungsfähig, er muß zum Psychiater.«

Hierauf entstand eine tiefe Stille, in der Thérèse aufstand, um Kaffee einzugießen.

Als sie kurz darauf einen Butterkuchen aus ihrer Tasche zum Vorschein holte, lachte Isidoor auf.

»Frauen!« sagte er. »Eine Katastrophe bricht herein, und was machen sie? Sie denken an *Butterkuchen.*«

»Eine Katastrophe mit Butterkuchen ist besser zu ertragen als eine ohne«, sagte Thérèse mit Nachdruck, während sie den Kuchen in Scheiben schnitt.

»Das erinnert mich an früher«, sagte Roos. »Wenn bei uns im Dorf Krawalle gegen die Juden ausbrachen, holte meine Mutter die leckersten Sachen aus dem Keller. Dann saßen wir da, bei geschlossenen Läden, und aßen den ganzen Vorrat eingemachter Früchte auf, als ob ein Festtag wäre. Los, beeil dich, rief meine Mutter, oder willst du etwa, daß die Antisemiten es mitnehmen? Bei Krawallen wurden jüdische Häuser nämlich völlig geplündert.«

»Na, denn man los«, seufzte Mirjam, die ein Stück Butterkuchen gereicht bekam. »Ich habe heute noch keinen Bissen gegessen.«

»Gib mir gleich zwei«, sagte Alex. »Schon der Gedanke daran, es könnte ein Krümel für die Antisemiten übrigbleiben, ist mir schrecklich.«

Hans wurde des Totschlags beschuldigt. Er wurde zu drei Jahren Gefängnis und zwei Jahren Zwangsbehandlung verurteilt. Alex und Mirjam besuchen ihn so oft wie möglich in Jerusalem.

Vor kurzem schickte er mir aus dem Gefängnis einen Brief. *Das Ende naht*, schrieb er, *das Ende über den vier Ecken des Landes. Der Tag ist nahe. Blas die Trompete und sei bereit.*

Mit einer gewissen Regelmäßigkeit gebe ich seinen Eltern Päckchen für ihn mit. Sie enthalten Kaugummi und Socken und, wenn es sich ergibt, einen Band *Tim und Struppi*.

Ich habe meine Übersetzung der Gedichte von Samuel Hanagid verschiedenen literarischen Zeitschriften angeboten, doch es besteht kein Interesse daran. Inzwischen übersetze ich die Dichtung des Moses Ibn Esra Auch er war ein Jude, der im Mittelalter in Spanien lebte. Auch er kämpfte auf islamitischer Seite gegen christliche Fürsten. Zweimal erlebte er die Zerstörung von Granada mit, und beide Male brach ihm fast das Herz.

Es sieht nicht danach aus, daß meine Übersetzungen je in Druck gehen werden. Aber das ist auch nicht wichtig. Sie ermöglichen mir, das heiligste aller jüdischen Gebote zu befolgen, das Gebot des Lernens.

VERWEILEN BEI BETTE

So gebt ihr denn die Frucht ihrer Hände.
Daß in den Toren sie rühmen ihre Taten.
Sprüche 31,31

SEIT SIE DEN Namen ihrer Krankheit kennt, verschanzt sie sich hinter Büchern. Es sind immer wieder andere Bücher, doch alle erfüllen sie den gleichen Zweck. Jedes Buch steht in ihren Händen wie ein Wappenschild. Jedes Buch bedeckt wie ein Visier ihre Augen. Das Lesen selbst scheint Nebensache. Sie liest zwar, aber sie tut es aus Dickköpfigkeit. Sie liest, weil sie den Tod aus dem Feld schlagen will. »Aus dir mache ich mir nichts«, sagt ihr Blick, der die Zeilen entlangfährt, »ich habe wichtigere Dinge im Kopf.«

Wenn sie noch auf den Beinen stehen könnte, würde sie drohend durch die Wohnung gehen, von einem Zimmer ins andere, und hochmütig die Türen schlagen. Doch ihre Beine haben sie im Stich gelassen. Untätig liegen sie auf dem Schemel vor ihrem Sessel. Sie hat sie noch ins Feld geführt.

»Schau doch mal her«, hat sie dem Todesengel zugerufen, »sind das etwa die Beine einer alten Dame? Das sind Jungmädchenbeine. Geh fort, du kommst Jahre zu früh.«

Und der Engel, der solche Beine selten zu sehen

bekommt, hat durch die Zähne gepfiffen. Doch fortgegangen ist er nicht. Jeden Morgen, wenn sie aufwacht, ist er der erste, der sich über sie beugt. Im Sonnenlicht, das durch die ockerfarbenen Gardinen fällt, sieht sein ovales Gesicht aus wie aus Gold. Wie ein Spiegel glänzt es ihr entgegen.

»Früher«, seufzt sie, »konnte ich mich doch so glücklich fühlen, wenn morgens die Sonne schien.«

Jetzt taucht sie ängstlich ins Halbdunkel der Betttücher zurück, während sie nach mir ruft.

Ich bin ihre Tochter und komme sofort. Anfangs habe ich ihr angeboten, neben ihr zu schlafen, dort, wo mein Vater vor zwei Jahren noch schlief. Doch diese Seite des Bettes ist von oben bis unten mit Stapeln von Büchern bedeckt. Anton Tschechow und Mary Renault, Isaac Singer und Barbara Tuchman, Graham Greene und Iris Murdoch, George Orwell, Natalia Ginzburg, Marguerite Yourcenar und eine Menge anderer.

»Die Bücher müssen hier liegenbleiben«, sagt sie, »die darfst du nicht wegtun.«

Sie sind wie der Schutzwall einer Festung, einer in aller Eile errichteten Festung, die jeden Augenblick zusammenzubrechen droht. Dann und wann rücke ich die Stapel gerade und schiebe sie aneinander, doch kurz darauf gleiten sie wieder dem Bettrand zu.

»Gut, daß dein Vater das nicht mehr sieht«, sagt sie. »Wenn der sich ein neues Buch vornahm, faltete er es zuerst in der Mitte auf, so, Lage um Lage, ganz vorsichtig immer weiter. Dann wurde der Rücken nicht krumm.«

Weil die Bücher dort liegen, schlafe ich im Zimmer gegenüber. Wir lassen die Türen auf, so daß ich sie hören kann. Mitten in der Nacht fängt sie an zu jammern. Dann bin ich auf der Stelle wach. Ich fahre hoch und gehe zu ihr.

»Es ist ja gut«, sage ich, »nur ruhig.«

Ich drücke die Lippen in die kleine Vertiefung an ihrer rechten Schläfe, die mir zugewandt ist.

»Der Kopf tut mir so weh«, schluchzt sie, »das ist der Tumor. Ich habe geträumt, daß plötzlich ein Loch mitten in meinem Gesicht war, ein Loch, so groß wie eine Faust. Und ihr habt alle um mein Bett gestanden und durch das Loch nach innen geschaut. Und alle habt ihr euch davor geekelt.«

»Vor dir?« sage ich. »Das geht doch gar nicht, wir können uns vor dir doch nicht ekeln! Es war nur ein Traum.«

Ich ziehe sie an mich, keuchend liegt sie in meinen Armen. So dasitzen, Bette an der Brust und den Todesengel im Rücken. Die Leselampe scheint mir in die Augen. Ich wiege Bette ein wenig, ich summe vor mich hin, ich rede.

»Wenn wir nur zusammen ans Meer fahren könnten«, sage ich. »Erinnerst du dich noch, wie wir einmal zwei Stühle in die Brandung gestellt hatten? Das Wasser spritzte uns um die Ohren.«

»Ja«, sagt sie, »ja.«

Aber sie hört nicht wirklich zu. Es ist ihr egal, was

ich sage, wenn ich nur weiterrede. Genausogut könnte ich den Satz des Pythagoras herunterleiern oder die Hauptstädte der Vereinigten Staaten oder das erste Gedicht, das ich in der Schule auswendig lernen mußte, *Der Stock des Johan van Oldenbarneveldt* von Vondel. *Mein Wunsch behüte dich unvermorscht, o Stock und Stütz'. Nicht den Verräter – Der Freiheit Stütze, Hollands Vater, hast du gestützt auf dem Schafott.*

Ich erinnere mich, daß ich damals – ich mag zehn oder elf gewesen sein – nichts von dem Gedicht begriffen und sie gebeten hatte, es mir zu erklären. Sie stand in der Küche und goß gerade die Kartoffeln ab.

»Mein Wunsch behüte dich unver... *was*?« rief sie, während ihr Kopf im Dampf verschwand.

»Unvermorscht.«

Sie sah mich von der Seite an und lachte laut auf.

Seitdem sagte sie morgens beim Abschied, wenn ich mich auf den Schulweg machte und sie mir einen Kuß gab und den Kragen meines Mantels zurechtrückte, immer spöttisch: »Mein Wunsch behüte dich unvermorscht.«

Hat sie mich jemals ernst genommen? Nimmt sie mich jetzt ernst? Ist es noch wichtig oder ist es mir inzwischen egal?

Sie merkt, daß ich mich unbehaglich fühle.

»Bin ich zu schwer?« fragt sie leise.

»Aber nein«, versichere ich ihr. Sie ist wirklich nicht schwer, sie ist in den vergangenen Monaten bis auf die Knochen abgemagert. Und doch hängt sie mir wie Blei am Hals.

So dasitzen, Bette als *unidentified dying object* in den Armen. Dafür gibt es keine Gebrauchsanweisung. *Sieben Methoden, nachts, in Unterwäsche, seine jammernde Mutter zu trösten.* Nie hat mir jemand gesagt, wie man das macht. Und mir bleibt nicht mehr genug Zeit, es zu lernen.

Tagsüber schenkt der Garten Vergessenheit. Sie liest am offenen Fenster, ich laufe barfuß durchs Gras. Über ihr Buch hinweg gibt sie mir Winke und Befehle.

»Die Krauseminze ist eine Plage«, ruft sie, »und dünn auch den Salbei gleich mit aus. Was sollen die Karden da?«

»Wo?«

»Da hinten, bei dem bitteren Gänsekraut«, zeigt sie. »Ich mag Karden nun mal nicht.«

Zwischen dem strahlendweißen Gänsekraut rekken tatsächlich enorme Kardendisteln ihre dunklen Köpfe in die Höhe.

»Aber sie mögen dich«, sage ich.

Doch sie finden keine Gnade vor ihren Augen.

In dem Maße, wie sie die Gewalt über ihren Körper verliert, wacht sie strenger über den Garten. Alles, was darin wuchert, muß bezwungen werden. Mit Schere und Hacke trabe ich umher. Auf einer wackligen Küchenleiter stehend, schneide ich den Holunderstrauch zurück. Mit einem Küchenmesser entferne ich Disteln und Löwenzahn aus dem

Rasen. Ich löse den Efeu aus der Umklammerung von widerspenstigen Kletten. Bald hockend, bald kniend bewege ich mich an Beeten voller Rittersporn, Schafgarbe, Himmelschlüsseln entlang.

Dieser Garten ist das Werk ihrer Hände. Sie hat ihn um meinen Vater herum angelegt, als er noch am Leben war. Hecken und Sträucher hat sie gepflanzt, um ihn zu schützen, um ihn zu retten, den Mann, der von fern gekommen war, den Mann, der die Peitsche gespürt und die Öfen rauchen gesehen hatte. Ihm sollte fortan jegliches Unheil erspart bleiben, er durfte von nichts und niemandem mehr gekränkt werden, denn so hatte sie es beschlossen. In der hintersten Ecke des Gartens, in die er sich gerne zurückzog, wachsen blaugefiederter *Ehrenpreis,* violetter *Leberbalsam* und eine exotische Sorte, die *brennende Liebe* heißt, auf gut einem Meter hohen Stengeln, mit scharlachroten Dolden. Was der Garten an Übel nicht bannen konnte, das verjagte Bette persönlich. Auf ihren Jungmädchenbeinen tanzte sie federleicht um meines Vaters Sessel, stellte sich hinter ihn, legte ihre Wange an seine und sagte: »Wer hätte das damals gedacht? Daß du mir drei Kinder schenken würdest. Daß ich dich noch so viele Jahre bei mir behalten würde.« Dann nahm sein Blick einen verträumten Ausdruck an. Sie war die einzige, die ihn, und sei es nur einen Augenblick lang, seine Verzweiflung vergessen ließ.

Sie hätte ihn auch niemals sterben lassen, wie es mir in meiner Unbeholfenheit passierte. Er war schon monatelang krank, als es geschah. Gemeinsam hatten wir ihn gepflegt. Er konnte nicht mehr stehen noch gehen, und er hatte aufgehört zu essen. In einem fahrbaren Bett lag er im Wohnzimmer. Tag und Nacht wuschen wir ihn und wechselten seine Bettwäsche, wechselten seine Bettwäsche und wuschen ihn. Wir lasen keine Zeitung, hörten keine Nachrichten, die Welt hätte untergehen können, während wir unseren rituellen Tanz um sein Bett tanzten. Die Zeit stand still, als hätte die Ewigkeit schon angefangen, und wir durcheilten sie töricht mit Wannen voller Badewasser, mit schmutzigen Bettüchern und sauberen Schlafanzügen. Vor allem Bette war am Ende ihrer Kräfte. In der Nacht, in der er starb, war sie in tiefen Schlaf gesunken. Ich setzte alles daran, um sie zu wecken, habe sie an den Schultern hochgezogen und sie durchgeschüttelt, habe gerufen und gefleht, doch ihr Kopf fiel wie ein Stein in die Kissen zurück.

Ohne Bettes Zauber war mein Vater verloren. Ohne Bettes Schutz ereilte das Unheil ihn doch noch. Weder durch Hecken noch durch Sträucher abzuwenden, stürzte das Unheil von Jahren sich in diesen letzten Stunden auf ihn wie ein eiskalter Wind. Alle Gaskammern öffneten sich, und ein Strom von Schatten flutete flüsternd um sein Bett. Er stemmte sich dagegen, schlug mit den Fäusten, klammerte sich an sein Laken. Aber es war alles sinnlos, das Gas hatte ihn eingeholt.

Dort erst, am Sterbelager meines Vaters, sah ich

den Schrecken, den er mit Bettes Hilfe ein Leben lang unter Kontrolle gehalten hatte, in seinem ganzen Umfang.

Von seiner letzten Nacht darf ich nicht sprechen. Bette hat es mir verboten. Nachdem sie vergebens versucht hatte, ihn zum Leben zu erwecken, erlegte sie mir in der grauen Morgendämmerung Schweigen auf. »Er ist ruhig eingeschlafen«, sagte sie in einem Ton, der keinen Widerspruch duldete.

Sie ersetzte das eingerissene Bettuch durch ein anderes. Sie trachtete, seine Finger zu strecken, doch sie blieben zu Fäusten geballt. Sie versuchte, ihm die Augen zu schließen, doch sie blieben halboffen. Das linke Auge war stumpf. Das durchscheinende rechte blickte schräg nach unten, ratlos und ekelerfüllt, als gähne neben dem Bett eine Mördergrube.

Das konnte auch meinen Brüdern, als sie später erschienen, nicht entgehen. Niedergeschlagen standen sie neben dem Körper ihres Vaters.

»Bergen-Belsen«, sagte Wolf tonlos.

»Auschwitz«, flüsterte David.

Doch Bette behauptete weiterhin hartnäckig, er sei eingeschlafen. Und Bette hat immer recht.

So an den Blumenbeeten entlangkriechen, Bette im Rahmen des Schlafzimmerfensters. Wenn ich zu ihr hinschaue, hebt sie schnell ihr Buch.

»Was liest du denn?« rufe ich.

Sie zuckt die Achseln und murmelt etwas.

Ich schlendere zum Fenster.

Sie klagt über Schmerzen. Sie habe, sagt sie, zu

lange gesessen. Mühsam arbeitet sie sich aus ihrem Sessel heraus. Sie wartet nicht, bis ich ihr helfe, sie zieht sich an der Fensterbank hoch und humpelt zu ihrer Seite des breiten Betts.

»Kann ich etwas für dich tun?« frage ich, als sie liegt.

»Die Trauben«, sagt sie barsch, »müssen hochgebunden werden.«

»Die Trauben?«

»An der Gartenmauer. Die neuen Ranken machen die Rosen kaputt.«

»Ich wußte nicht, daß du Trauben hast.«

»Dabei hast du sie letztes Jahr gegessen.«

»Blaue Trauben?«

»Nein, weiße. Du weißt es schon nicht mehr.«

»Es scheint auch so lange her.«

Sie antwortet nicht; hinter einer Büchermauer kehrt sie mir verärgert den Rücken zu.

Die Reise von Amsterdam in das belgische Dorf dauert lange. Von meiner Haustür bis zu der von Bette brauche ich ungefähr vier Stunden. Wenn ich an einem Tag hin- und zurückfahre, bin ich acht Stunden unterwegs, das kostet ungefähr genausoviel Zeit wie ein Flug nach New York. Die Hälfte der Strecke verbringe ich im Zug, doch dann steige ich in einen Bus um, der mich durch das Grenzgebiet über bucklige Straßen fährt, von einem Weiler zum nächsten. Der Bus ist überwiegend leer. Immer hocken dieselben Fahrgäste auf den vordersten Bänken zusammen. Es sind Bewohner einer psychiatrischen Anstalt, die auf der Hälfte der Strecke liegt. Alle lächeln verschmitzt vor sich hin, bis auf einen: das ist Andrieske, ein schwachsinniger Zwerg von etwa fünfzig Jahren. Er stellt sich neben den Sitz des Busfahrers und schreit im lokalen Dialekt ununterbrochen auf den Mann ein. Andrieske hat eine blecherne Stimme, die mir noch Stunden später, wenn ich schon längst bei Bette bin, hartnäckig in den Ohren klingt.

Die Landschaft hat etwas Beklemmendes. Im Zweiten Weltkrieg war mein Vater durch dieses Gebiet vor seinen Verfolgern geflohen. Dazu hatte er nicht die Straße benutzt, sondern den nahen Wald. Auf jeder Busfahrt ist mir, als sähe ich ihn in weiter Ferne unter den Bäumen rennen. Sein Hemd flattert über der Hose, die Zweige schlagen ihm ins Gesicht, doch er drosselt die Geschwindigkeit keinen Moment. Gelenkig springt er über Gräben, wie ein Speer schießt er zwischen den Stämmen hindurch. Ab und zu wirft er einen Blick zur Seite, auf den Bus und auf meine Silhouette hinter dem Fenster. »Schneller, Papa, schneller«, rufe ich, »daß sie dich nicht kriegen!« Da, wo der Wald aufhört, bleibt er zurück, doch sobald wir das nächste Dorf passiert haben, taucht er von neuem zwischen den Bäumen auf.

»Ich habe ihn wieder gesehen«, sage ich, als ich Bette begrüße.

»Deinen Vater?« fragt sie.

Ich nicke. »Er war schneller als das Licht.«

Sie schließt die Augen und lehnt den Kopf in die Kissen zurück.

»Was für ein unglaublicher Mann er doch ist«, sagt sie glücklich.

Seit Februar wissen wir, daß sie todkrank ist. Aber erst im Mai, seit sie ans Bett gefesselt war, kamen wir nicht mehr um die Tatsache herum, daß etwas geschehen mußte. David redete ernsthaft mit ihr. Unmittelbar danach rief er mich an.

»Ich habe sie gefragt, wo sie sterben will. Im Krankenhaus oder in ihrem eigenen Bett.«

Schweigen.

»Und?« fragte ich. Denn David ist ein Mann von wenig Worten. Sogar ein Minimum an Information gibt er nur preis, wenn man ihn dazu ermuntert.

»Zuerst wollte sie keine Antwort geben.«

Schweigen.

»Ja, und?«

»Doch ich sagte, daß sie die Wahl treffen müsse.«

»Und?«

»Am liebsten bleibt sie, wo sie ist.«

»Das versteht sich«, sagte ich, »zurück ins Krankenhaus, schon der Gedanke ist ekelhaft.«

»Ich habe es Papa versprochen.«

»Was hast du Papa versprochen?«

»Als er starb.«

Schweigen.

»Ja?«

»Da habe ich versprochen, daß ich für sie sorgen würde.«

»Ach, davon wußte ich nichts. Ich meine, ich wußte nicht, daß ihr, Papa und du, über solche Dinge geredet habt.«

»Ich habe es versprochen.«

»Natürlich.«

»Und wenn es sein muß, mache ich es alleine. Aber es ist leichter, wenn du dabei hilfst.«

»Ich helfe.«

»Dann wäre das geregelt«, sagte er.

Es klang allzu einfach.

»David?« Meine Stimme bebte. »Ich habe solche Angst, daß es schiefgeht. Es ist eine Art Lampenfieber, nur viel schlimmer. Als ob man auf die Bühne geschickt würde, ohne den Text gelernt zu haben. Ich meine, man kann nicht dafür proben. Und wenn es mißlingt, bekommt man nie mehr die Chance, es noch einmal zu versuchen.«

»Sei doch froh, daß es eine einmalige Vorstellung ist«, sagte David.

Ich wollte etwas erwidern, aber ich brachte kein Wort über die Lippen. Ich schlug die Hand vor den Mund und fing lautlos zu weinen an.

»Du hast dich zu Tode erschreckt«, sagte er, »als du die letzte Nacht bei Papa gesessen hast. Ich weiß nicht, was in dieser Nacht passiert ist, und ich will es auch nicht wissen. Aber diesmal wird es anders sein, das verspreche ich dir.«

»Glaubst du, daß es uns gelingt?«

»Dir und mir?« sagte er ruhig. »Daran zweifle ich keinen Augenblick.«

Wolfs Name fiel nicht. Das war auch nicht nötig. Wir waren überzeugt, daß er das tun würde, wofür er zuständig war. Und Wolf ist ausschließlich für geschäftliche Angelegenheiten zuständig. Er ist von Beruf Krisenmanager. Wenn ein Betrieb in eine Krise gerät, kommt Wolf und stellt die Ordnung wieder her. Seine Lösungen sind radikal. Der Führungsstab wird reduziert und die Hälfte des Personals entlassen. Sanieren durch Liquidieren. Wolf hat keine Zeit für seine Mutter. Ein Todesurteil mehr oder weniger, selbst wenn es sie betrifft, wundert ihn nicht.

Ich habe ihn im Februar nur einmal telefonisch gesprochen, als Bettes Tumor entdeckt worden war. Er hatte sie noch nicht im Krankenhaus besucht und machte auch keinerlei Anstalten dazu. Ich appellierte an seine Eitelkeit.

»Du bist ihr ältester Sohn«, sagte ich schmeichelnd, »dich braucht sie, mehr als irgendwen sonst. An deiner Schulter will sie sich ausweinen, von dir will sie getröstet werden.«

Ich lobte seine Einsicht und seine Lebenserfahrung. Ich sagte, er als Betriebsmanager sei die richtige Person, die das Chaos in unserer Familie bekämpfen könne.

Er bat, daß ich mich kurz fasse. Er sei, so sagte er, gerade im Begriff, zu einem Geschäftsessen aufzubrechen.

Da nahm ich meine Zuflucht zu weniger diplomatischen Mitteln. Ich umriß Bettes augenblicklichen Zustand.

»Sie ißt nichts mehr, sie ist nicht ansprechbar. Wenn wir zu ihr ins Krankenhaus kommen, starrt sie stumpf vor sich hin. Die Nachricht, daß sie nur noch ein halbes Jahr zu leben hat, traf sie wie ein Keulenschlag.«

»Ehrlich gesagt«, meinte er ungeduldig, »verstehe ich nicht, worüber sie sich so aufregt. Es gibt doch so etwas wie Euthanasie?«

Von diesem Augenblick an strich ich Wolf aus meinen Gedanken.

Unsere Krise wird von David bezwungen. Er tut es ohne Gewalt, mit der Ruhe, die ihm auch unter den miserabelsten Umständen eigen ist. Bettes Verpflegung ist ein arbeitsintensives Geschäft, das für ihn auf einen Full-time-Job hinausläuft. Er berät sich mit Ärzten, übernimmt die Geldangelegenheiten, erledigt die Korrespondenz, kauft Lebensmittel und Medikamente ein. Außerdem hält er Freunde und Verwandte über die letzten Entwicklungen auf dem laufenden.

Seit Anfang Mai hat er für den Vormittag und den Abend Krankenschwestern eingestellt. Die dazwischenliegende Zeit teilen wir untereinander auf. Da ich eine so lange Anreise habe, bleibe ich manchmal tagelang im Dorf. Im ganzen sind acht Krankenschwestern da, die in Wechselschicht arbeiten. Ich kenne die Routine jeder einzelnen, ich kenne ihre Vorzüge und ihre Schwächen, ich kenne die Namen ihrer Männer und ihrer Kinder, und wenn sie keine Kinder haben, dann kenne ich eben die Namen ihrer Katzen.

Jeden Abend ruft David mich an.

»Ist es noch auszuhalten?« fragt er. »Übermorgen löse ich dich ab.«

Auch zwischendurch kommt er ins Dorf. Bette schreibt ihm in ihrer pedantischen Handschrift Einkaufszettel. Wenn er dann mit vollen Kartons und Taschen zurückkommt, hat sie immer irgend etwas auszusetzen.

»Gesalzene Butter«, sagt sie mißbilligend. »Wie kommst du darauf? Du kannst doch lesen? Ich brauche niemand, der mir die Butter salzt. Wenn ich salzige Butter haben will, dann salze ich sie selber. Aber ich mag keine gesalzene Butter, ich darf gar nicht daran denken!«

Ohne ein Wort des Protests verläßt David das Haus und tauscht die Butter um. Manchmal schickt sie ihn dreimal in den Laden zurück.

»Vorgeschnittene Zwiebeln!« ruft sie entrüstet aus. »Das ist für Leute, die keine Messer haben und keinen Geschmack. Vielleicht macht deine Frau das, doch in diesem Haus wird alles frisch geschnitten. Und was sind denn das für Bohnen? Die sehen ja aus wie Gurken. Wo hast du als Kind bloß gegessen? An meinem Tisch hast du so etwas nie bekommen.«

Sobald David geht, nimmt sie ihr Buch wieder zur Hand und fängt grimmig darin zu blättern an.

»Wenn es etwas gibt, was ich nicht ausstehen

kann«, ruft sie ihm nach, »so sind es vorgeschnittene Zwiebeln!«

Wenn David nicht da ist, läßt sie mich für sich rennen. Eines Nachmittags, als ich auf ihr Drängen hin stundenlang Johannisbeeren gepflückt habe, drückt sie mehrmals ungeduldig auf die Klingel neben ihrem Bett.

»Bitte geh mal rasch für mich ins Schuhgeschäft«, sagt sie.

Ich wische mir den Schweiß vom Gesicht. »In einer Stunde«, sage ich. »Jetzt mache ich gerade Marmelade.«

»Hat das nicht Zeit?«

»Nein«, sage ich, »alles ist vorbereitet. Die Gläser sind mit Soda gespült, und der Topf mit den Beeren steht schon auf dem Feuer. Du wolltest doch Marmelade haben?«

»Ja«, sagt sie, »aber nicht auf der Stelle.«

»Den Eindruck hatte ich aber schon.« Es klingt schärfer als beabsichtigt.

»Kann ich etwa was daran ändern, daß du dir alles Mögliche einbildest?« fragt sie. »Während du im Garten warst, habe ich das Schuhgeschäft angerufen. Was sind das doch für nette Leute! Weil ich nicht selber hingehen kann, darfst du Schuhe für mich holen. Sie haben einen Teil der Sommerkollektion bereitgestellt, so daß ich zwischen verschiedenen Modellen wählen kann.«

»Wie viele Schachteln sind es denn?«

»Keine Ahnung. Etwa zehn, vielleicht auch zwanzig.«

»Wie soll ich die denn auf dem Fahrrad alle herschleppen? Kann David das nicht morgen machen? Mit dem Auto ist es eine Kleinigkeit.«

»Ich habe den Leuten versprochen, daß du sofort kommst.«

»Du kannst sie doch noch mal anrufen und sagen, daß es eine Stunde später wird.«

Dezidiert schüttelt sie den Kopf.

»Ich denke nicht daran. Sie gehen schon sehr weit, wenn sie dir die Schuhe mitgeben.«

»Was für Schuhe möchtest du denn haben?« frage ich. »Du kannst ja kaum laufen. Und sogar wenn du es könntest: deine Füße sind doch viel zu dick, die Adern sind ganz entzündet.«

»Ich nehme sie einfach drei Nummern größer. Und wenn sie dann noch nicht passen, schneiden wir sie an der Seite ein.«

»Aber du kannst doch gar nicht mehr aufstehen. Wann willst du denn Schuhe tragen?«

»Warum, wann, wie?« seufzt sie. »Muß ich etwa alles vorher wissen? Aber es ist schon gut, ich bitte jemand anderen darum. Es gibt genug Leute, die sich darum reißen, mir einen Gefallen zu tun.«

»Ich will ja gerne für dich zum Schuhgeschäft radeln«, sage ich, »aber erst wenn ich die Marmelade in die Gläser gefüllt habe.«

»Nein, laß nur«, sagt sie dickköpfig. »Mir ist der Spaß vergangen.«

Die Krankenschwestern sagen, David und ich müßten Bettes Feindseligkeit als Kompliment auffassen.

»Andere wagt eure Mutter nicht anzuschnauzen, zu anderen muß sie freundlich und dankbar sein. Nur bei euch darf sie ihrem Frust freien Lauf lassen. Sie weiß, daß ihr sie trotz allem liebt.«

Da ist was dran, aber ob es stimmt? Ich dachte, daß ich Bette liebe, das nahm ich der Einfachheit halber an. Jetzt aber, wo ihr Tod näherrückt, bin ich mir nicht mehr so sicher. Ist meine Liebe zu Bette groß genug? Groß genug, daß ich für die Dauer der Krankheit ihre Wut, ihre Angst und ihre Verzweiflung ertragen kann? Der Tod ist ein strenger Richter. Er stellt uns Fragen, auf die wir die Antwort bisher schuldig geblieben sind. Er duldet keine Zwiespältigkeit. Er kennt kein ›vielleicht‹ oder ›wahrscheinlich‹, er kennt nur die Sense.

Wenn ich mich in Amsterdam aufhalte, ruft sie mich oftmals an.

»Tag, Liebes, ich bin's. Hast du gewußt, daß die Amerikaner im Zweiten Weltkrieg Fledermäuse gegen Japan einsetzen wollten?«

»Fledermäuse?«

»Ja, das lese ich gerade. Fledermäuse wurden darauf abgerichtet, Brandbomben zu tragen, die sie in japanischen Gebäuden abwerfen mußten. Es war eine Geheimoperation. Aber bei einem Experiment entwischten ein paar Fledermäuse. Die Bomben fielen auf eine Militärbaracke der Amerikaner und auf das Auto eines Generals, und daraufhin haben sie damit aufgehört.«

»Interessant«, sage ich.

»Ekelhaft!« ruft sie. »Daß Menschen einander nach dem Leben trachten, ist ihre eigene Sache. Aber von den Tieren sollen sie die Finger lassen!«

Entrüstet zählt sie die Tiere auf, die im Lauf der Zeiten für Kriegszwecke eingesetzt worden sind. Pferde, Esel, Ochsen, Hunde, Brieftauben.

»Und die Elefanten, mit denen Hannibal die Alpen überquerte?«

»Ja«, sagt sie, »dieser Hannibal war auch kein angenehmer Zeitgenosse.«

Immer muß sie mir dringend irgend etwas mitteilen. Daß im Fernsehen ein Dokumentarfilm über das Geschlechtsleben der Känguruhs oder über Kinderarbeit in pakistanischen Teppichknüpfereien gesendet wird. Daß ich sofort das Radio anstellen muß, weil gerade so wunderschöne Lieder von Fauré gesungen werden. Und da sie zufällig doch gerade mit mir rede, ob ich nicht *auch* finde, daß Jelzin ein eigenartig unzuverlässiges Gesicht habe?

»Was hat Jelzin mit Fauré zu tun?« will ich wissen.

»Nichts. Ich frage mich einfach nur, wie es dieser Mann mit so einer Visage zum Präsidenten hat bringen können«, sagt sie.

Früher rief sie mich auch an, aber nicht öfter als einmal am Tag. Seit sie krank geworden ist, kennt sie kein Maß mehr.

»Alles in Ordnung, Liebes? Ich lese einen Artikel über die Pyramiden von Gise. Wußtest du, daß in die Nordwand einer Pyramide Löcher gebohrt wurden? Durch sie konnte der tote Pharao hinausschauen zu den Sternen.«

»Warum schaute er ausgerechnet in diese Richtung«, frage ich, »warum nicht beispielsweise nach Süden?«

»Er schaute nach Norden, weil dort ein Stern steht, der immer an der gleichen Stelle bleibt.«

»Der Polarstern?«

»Nein, wahrscheinlich der Stern Thuban im Drachen. Der hatte für die alten Ägypter die gleiche Funktion wie der Polarstern für uns.«

Sie stößt einen tiefen Seufzer aus.

»Wenn der Tote den Blick auf die Sterne richtete, konnte seine Seele leichter zum Himmel aufsteigen. Dort, im Himmel, lag die Unsterblichkeit.«

Eines Abends – ich habe gerade eine Reise mit Hindernissen hinter mir – fängt sie schon Streit an, bevor ich mein Köfferchen hingestellt habe.

»Du kommst fast zwei Stunden zu spät«, sagt sie.

Ich erkläre ihr, daß mein Zug Verspätung hatte. »Ein Selbstmord«, berichte ich, »kurz hinter Utrecht hatte sich ein Mann von der Eisenbahnbrücke auf die Schienen geworfen.«

»Mußte er sich dazu die Hauptverkehrszeit aussuchen?« meint sie beleidigt. »Ein bißchen Rücksicht auf andere nehmen ist nicht mehr drin.«

»Alle Züge auf der Strecke wurden umgeleitet«, sage ich. »Dadurch habe ich meinen Anschluß verpaßt. Und schließlich fuhr mir auch noch der Bus ins Dorf vor der Nase weg.«

»Warum hast du nicht angerufen«, sagt sie, »dann hätte einer der Nachbarn dich mit dem Auto geholt.«

»Es ging aufs Abendessen zu; dann störe ich die Nachbarn lieber nicht. Wenn du allein gewesen wärst – dann schon. Aber ich wußte, daß eine Krankenschwester bei dir war.«

»Die Nachbarn finden es überhaupt nicht schlimm zu fahren, sie tun es gerne.«

»Jetzt noch«, sage ich, »aber ich will ihre Freundlichkeit nicht vorzeitig erschöpfen.«

»Wie meinst du das?«

»Wer weiß, wie lange du noch krank bist.«

»Geht dir die Geduld allmählich aus?«

»Mir nicht, aber ihnen vielleicht. Ich behellige niemanden, solange es nicht dringend ist.«

»Und du meinst, ich mache das?«

»Das habe ich nicht gesagt. Doch wenn du es unbedingt wissen willst: Ja, ich finde, daß du anderer Leute Zeit ziemlich leicht in Anspruch nimmst. Ich hörte, daß du gestern den Direktor deiner Bank an dein Bett bestellt hast.«

»Ich habe ihn nicht bestellt. Ich habe ihn freundlich gebeten zu kommen, und er hatte nichts dagegen.«

»Wahrscheinlich wagte er nicht, es dir auszuschlagen. Diese sogenannten Bitten von dir klingen oft wie Befehle.«

»Was hätte ich tun sollen? Mein Geld war alle.«

»Wenn du auf David gewartet hättest, wäre er für dich zur Bank gegangen. Was wolltest du übrigens im Bett mit all dem Geld anfangen?«

»Man weiß nie, was passiert.«

»Was kann denn um Himmels willen passieren?«

»Sie können plötzlich vor der Tür stehen.«

»Wer kann vor der Tür stehen?«

Sie zuckt die Achseln.

»Wer schon«, sagt sie unwirsch, »allerlei Leute. Leute, die für einen guten Zweck Geld sammeln.«

»Ja, für den Bau eines Sanatoriums zum Beispiel, für überarbeitete Bankdirektoren.«

»Der Mann fand es überhaupt nicht schlimm. Er war froh, daß er mal von seinem Schreibtisch wegkonnte.«

»Unsinn. Laufburschen wollen es zum Direktor bringen, doch den Direktor möchte ich sehen, der gerne Laufbursche spielt. Du läßt die halbe Welt für dich rennen. Die Friseuse muß an ihrem freien Sonntag eilends kommen und dir das Haar machen. Den Buchhändler klingelst du aus dem Bett.«

»Ich wollte ein Buch bestellen.«

»Damit brauchst du nicht bis Mitternacht zu warten.«

»Es war erst elf Uhr. Ich kann doch nicht wissen, daß der Mann so früh ins Bett geht. Ohne mich hätte er längst Pleite gemacht. In diesem rückständigen Dorf bin ich sein einziger fester Kunde.«

Sie kramt in den Büchern und Papieren auf meines Vaters Betthälfte.

»Hier«, sagt sie, »gestern stand es als Schlagzeile in der Zeitung: *Siebzig Prozent der Flamen lesen nie ein Buch.*«

»Und um sie dafür zu bestrafen, machst du ihnen das Leben sauer?«

»Ach, sei doch still«, sagt sie verächtlich, »du bist wirklich die letzte, die mir die Leviten lesen muß. Als ob bei dir alles so blendend liefe! Du behauptest, du hättest niemand nötig, aber ist das etwas, worauf man stolz sein kann? Kein Wunder, daß dir alle Männer schreiend davonlaufen.«

»Mir ist nur ein einziger Mann davongelaufen, und das geschah auf meinen Wunsch.«

Ich nehme mein Köfferchen wieder auf.

»Glaubst du, daß ich die ganze Strecke von Amsterdam hergekommen bin, um mich von dir beleidigen zu lassen?« sage ich. »Such dir jemand andern, der sich von dir herumkommandieren läßt. Ich bin weg.«

»Zum Fahren ist es zu spät«, sagt sie, »heute abend kommst du nicht mehr nach Hause.«

»Dann übernachte ich eben in einem Hotel.«

Ich gehe, doch da fährt sie hoch. Halt suchend an den Wänden, hopst sie mir mit kleinen Schritten nach wie ein betrunkener Vogel.

»Nicht weggehen«, jammert sie, »bitte, ich flehe dich an, Liebes, bleib hier.«

Ich gehe ins Wohnzimmer. Die Trauer schnürt mir die Kehle zu.

Sie bleibt keuchend an der Türklinke hängen. Fast fällt sie vornüber, doch ich lasse mein Köfferchen los und fange sie gerade noch rechtzeitig in meinen Armen auf.

Auch die Krankenschwester kommt aus der Küche herbeigerannt.

»*Mußte* das sein?« sagt sie vorwurfsvoll.

Gemeinsam schleppen wir Bette zurück in ihr Schlafzimmer.

»Bleibst du da?« fragt sie.

Ich nicke. »Ja, ich bleibe da«, sage ich leise.

Als sie wieder im Bett liegt, gehe ich hinaus. In der hintersten Ecke des Gartens fange ich verzweifelt zu schluchzen an.

»Geht es wieder ein bißchen?«

Die Krankenschwester ist mir nachgegangen und legt mir den Arm um die Schultern. Sie redet auf mich ein, sagt, daß alle Todkranken diese Phase durchmachen.

»Deine Mutter ist wütend darüber, daß sie sterben muß. Sie kann es einfach nicht glauben, sie weigert sich, es zu akzeptieren. Aber das wird sich noch ändern.«

Plötzlich taucht das Bild einer anderen, einer ruhigen Bette, deren Widerstand gebrochen ist, vor mir auf. Sie rührt kein Buch mehr an; sie redet uns wohlwollend zu. Benommen lehnt sie in den Kissen und fragt, völlig mit ihrem Schicksal versöhnt, ob sie vielleicht, wenn es nicht zu viel Mühe mache, eine Tasse Tee bekommen könne. Es ist eine Bette, die mir tausendmal unangenehmer wäre als die kämpfende, die erzürnte. Hat die Krankenschwester recht? Ich senke den Kopf und schluchze noch lauter. Mir ist, als blickte ich in einen jähen Abgrund.

Oh, Gott, bete ich, erniedrige sie nicht. Erhalte uns ihre Wut. Laß sie so bitter sein wie Galle, laß sie mit ihren Ketten klirren, laß sie mit dem Engel ringen. Laß sie bis zum Augenblick ihres Todes in dem Wahn, der Kampf sei noch nicht entschieden.

Sogar zwischen David und mir kommt es zu Reibungen. Ich beneide ihn um seine Ruhe und sein Gleichgewicht. Ich beneide ihn um die Gelassenheit, mit der er Bettes Ausbrüche erduldet, sich danach von ihr abwendet und sich mit einem Glas Bier in Reichweite auf die Terrasse in die Sonne setzt. Er plaudert ein wenig mit der Krankenschwester, er nickt mir freundlich zu. Wenn ich mich über Bette beklage, zuckt er nur seelenruhig mit den Achseln.

»Ach ja«, sagt er mit unbewegtem Gesicht.

Wo hat er bloß diese Engelsgeduld her?

»Für dich ist es einfach«, schnauze ich ihn an, »du brauchst nicht tagelang hier zu bleiben. Du kommst, plauderst ein wenig, trinkst ein Bier und gehst wieder. Du kannst nach jedem Besuch in diesem Haus in deine eigene Welt zurückkehren. Aber ich bin hier eingesperrt, ich werde hier langsam verrückt.«

»Wenn es dich verrückt macht«, sagt David, »mußt du weniger oft kommen und nicht so lange bleiben.«

»Das geht nicht«, rufe ich. »Ohne mich hast du alles allein auf dem Hals!«

Er lächelt.

»Das braucht dich doch nicht zu kümmern.«

»Natürlich muß mich das kümmern.«

»Du scheinst aber nicht viel von mir zu halten«, sagt er mit einer Heftigkeit, die mich überrascht. »Ein Schwatz und ein Bierchen. Dachtest du wirklich, daß ich dafür die ganze Strecke herfahre? Dachtest du wirklich, daß es mir nicht schwerfällt? Was weißt du eigentlich von mir? Weißt du, ob ich nicht nachher heulend im Auto sitze? Was weißt du davon, wie tief meine Verzweiflung geht?«

Beim Aufstehen stößt er sein Glas um. Mit bebender Hand stellt er es wieder hin. Dann geht er aufs Haus zu.

»David!«

Erschrocken laufe ich ihm nach. In der Küche stehen wir uns gegenüber, zwischen uns der Tisch.

»David, es tut mir leid. Ich bewundere dich ja gerade für das, was du tust und wie du es tust. Ich wollte, ich wäre so ruhig wie du, ich wollte, ich hätte mehr Geduld mit Mama.«

Leicht vornübergebeugt stützt er die Hände auf die Tischkante und sieht mich ernst an.

Ich muß an den Morgen nach meines Vaters Tod denken. Da keiner von uns gefrühstückt hatte, bot David sich an, Brötchen zu holen, und ich begleitete ihn. Schweigend gingen wir nebeneinanderher die lange Dorfstraße hinunter. Unterwegs fing es an zu schneien. Kleine, magere Flocken trieben uns ins Gesicht.

»Papa ist überhaupt nicht ruhig eingeschlafen!« sagte ich plötzlich.

Ich wartete, bis er etwas fragen würde, doch es blieb still.

Aus Wut fing ich an, schneller zu gehen. Er konnte kaum mit mir Schritt halten.

»Ist es dir gleichgültig, was mit ihm geschehen ist?« rief ich aus.

Er rannte hinter mir her.

»Jeder kann sehen, was mit ihm geschehen ist«, sagte er.

Er ergriff meinen Arm, doch ich schüttelte ihn ab.

»Nun gut«, seufzte er, »was ist geschehen?«

»Er ist vergast worden«, sagte ich.

Auf Davids Gesicht erschien ein bekümmertes Grinsen.

»Du denkst, daß ich verrückt bin«, sagte ich.

»Aber nein, du hast nächtelang nicht geschlafen, du bist einfach erschöpft.«

Wir liefen weiter. Die Schneeflocken wurden größer und fielen dichter. Ich dachte an meines Vaters Grab, an die Männer, die es in der gefrorenen

Erde ausgehoben hatten. Wir überquerten den Dorfplatz, da blieb David plötzlich stehen. Er zog mich an sich und schloß mich in seine Arme. Da standen wir, auf dem großen Platz, in einer mißglückten Umarmung.

Jetzt, zwei Jahre später, aber genauso unbeholfen, sind wir meilenweit voneinander entfernt.

»Ich liebe dich«, sage ich.

Ich meine es ernst, doch es klingt falsch.

»Es ist schon gut«, antwortet er.

Ich würde ihn gern umarmen wie damals auf dem Weg zum Bäcker. Aber ich kann mich nicht bewegen, meine Beine sind wie gelähmt. Und auch er rührt sich nicht von der Stelle.

»Soll ich noch Medikamente holen?« fragt er tonlos.

»Ja«, sage ich, »die Apotheke macht heute früh zu.«

»Dann gehe ich jetzt besser«, sagt er.

Doch wir stützen uns gedankenverloren auf den Tisch, jeder auf seiner Seite, und sind zu müde, um unsere Stellungen aufzugeben.

Später gibt es wieder Augenblicke der Zuneigung, wenn sie auch kurz sind. Bettes Tumor beansprucht uns ganz. Er rennt vor uns davon, und wir spurten ihm reihum hinterher, David und ich. Wir haben kaum Zeit füreinander, unsere Begegnungen sind flüchtig. Wir gleichen Staffelläufern, die einander ablösen. Jetzt ist auch nachmittags eine Krankenschwester im Haus. Doch dadurch wird es nicht leichter für uns, unsere Aufgaben vervielfachen sich.

Im Zug auf dem Weg in den Süden komme ich eines Mittags an einer Weide mit Kühen vorbei. Die meisten haben den Schatten einer breiten Eiche am Rand des Wassergrabens aufgesucht, doch zwei stehen Flanke an Flanke abseits in der prallen Sonne und lecken an einem flachen Stein im Gras. Ihre riesigen bleichen Zungen bewegen sich gleichzeitig und berühren einander.

Als ich das Dorf erreiche, sitzt David im Garten und liest die Zeitung.

»Wie geht es?« frage ich.

»Sie schläft. Der Arzt ist dreimal dagewesen.«

»Dreimal?«

»Ja«, sagt er mit gedämpfter Stimme. »Du darfst nicht erschrecken.«

Stille.

»Worüber darf ich nicht erschrecken?«

»Sie hat eine Schwellung im Gesicht.«

»Eine Schwellung?«

Er weicht meinem Blick aus.

»Was für eine Art Schwellung?«

»Eine sehr große.«

Stille.

Er zeigt auf seinen Kiefer. »Hier«, sagt er, »um den Mund herum.«

»Wann ist das denn passiert?«

»Heute nacht.«

»Und was sagt der Arzt dazu?«

»Daß es zum Krankheitsbild gehört.«

»Daß es zum Krankheitsbild gehört? Als könnten wir uns das nicht selbst denken. Gesunde Menschen haben keine Schwellungen.«

»Sie will sich bestrahlen lassen.«

»Wieder?«

»Diesmal nur da, wo die Schwellung ist.«

»Mein Gott«, flüstere ich.

Er nickt.

»Wieder dieses Hin- und Hergeschleppe ins Krankenhaus«, sage ich. »Das hält sie einfach nicht durch. Und was hat es für einen Sinn?«

»Es ist nicht an dir zu entscheiden, ob es Sinn hat«, entgegnet David scharf. »Es ist *ihre* Schwellung, und sie macht damit, was sie will.«

Er hat vollkommen recht.

Schweigend sitzen wir auf der Terrasse in der sengenden Hitze eines Sommers, der Bettes letzter ist. Um uns herum zirpt eine Kolonne Grillen. Ich senke den Kopf und weine. David streichelt mir das Haar.

»Die Kühe sind daran schuld«, rufe ich aus.

Schluchzend erzähle ich ihm von der Weide, die ich vom Zug aus sah.

»Mußt du *deshalb* weinen?« fragt David erstaunt.

»Nein, ich weine, weil Bette und ich bald nie mehr am selben Stein lecken.«

»Ach Liebes«, hören wir.

Es ist Bettes Stimme.

»Komm schnell her zu mir!« ruft sie.

Ich renne durch die Küche und den Gang in ihr Zimmer. Sie sitzt aufrecht in den Kissen und streckt die Arme aus. Bücher fallen vom Bett herunter. Wir liegen Flanke an Flanke.

»*Wäre* ich bloß eine Kuh«, sagt sie später, als wir unsere Tränen abgewischt haben. »Ich bin eher wie der *Elephant Man.*«

Die untere Hälfte ihres Gesichts sieht aus, als würde ein bösartiger Fremder direkt unter ihrer Haut die Fäuste ballen.

Durch die anhaltende Hitze braucht der Garten viel Pflege. Nachtkerzen, Blutweiderich, Steinnelke, Kermesbeeren, alles steht in Blüte. Auch das Springkraut ist aufgegangen. Mit eintönigem Gesumm fliegen Hummeln in den Kelchen ein und aus.

»Hör doch mal einen Augenblick auf«, sagt David.

Ich habe gerade die Rosen gegen Läuse behandelt und jäte schon wieder.

»Il faut cultiver son jardin«, sage ich.

Er dämpft die Stimme. »Was nützt das noch? Demnächst wohnen hier andere Leute. Die pflügen das Ganze vielleicht völlig um.«

Ich lege den Finger auf die Lippen und gehe auf ihn zu.

»Ich tue es für Bette«, flüstere ich. »Solange ich es der Mühe wert finde, im Garten zu arbeiten, solange stirbt sie noch nicht. In diesem Wahn lebt sie zumindest.«

»Ach was«, sagt er, »sie weiß doch, daß sie höchstens noch einen Monat zu leben hat.«

»Sie weiß es schon«, nicke ich, »aber sie hofft immer noch auf ein Wunder. Sie hält sich selbst zum Narren. Und dabei unterstütze ich sie.«

David sieht auf meine staubigen Hände.

»Also ist das alles nur zum Schein?« fragt er.

»In der Tat.«

»Aber dann brauchst du dich doch nicht so zu verausgaben. Von ihrem Bett aus sieht sie all das Unkraut bestimmt nicht.«

Ich wische mir den Schweiß aus den Augen.

»Du hast recht, sie sieht es nicht«, gebe ich zu. »Und doch mache ich meine Arbeit ganz genau, denn ich glaube es allmählich selbst.«

»Was glaubst du allmählich selbst?«

»Daß ich mit Hacke und Schaufel den Tod auf Abstand halte.«

Den Tod auf Abstand halten, darauf verlege ich mich täglich mehrere Stunden. Vielleicht kann ich den Engel verjagen, der immer noch auf dem Bettrand wartet. Auf keinen Fall darf ich ihn merken lassen, daß seine Gegenwart mich bedrückt. Ich besprühe den Rasen und die Pflanzen. Ich entferne verdorrte Blätter und verblühte Blumen. Aber ich verrichte auch Arbeit, die ausgesprochen zukunftsorientiert ist. So schneide ich zum Beispiel das abgeerntete Holz der Beerensträucher zurück, damit sie nächstes Jahr wieder Früchte tragen. Und ich leite endlich die lose hängenden Weinranken an der Gartenmauer entlang hoch.

»Was tust du denn bloß?« ruft Bette, die mich hämmern hört.

»Ich binde die Trauben hoch«, erkläre ich, als ich später an ihrem Bett sitze.

»Dafür brauchst du doch nicht zu zimmern?«

»Doch, denn das Spalier darunter ist morsch, das muß ersetzt werden. Du willst nächstes Jahr doch auch noch Trauben essen.«

Im Krankenhaus sind Abgüsse für eine Maske gemacht worden, die sie während der Bestrahlung tragen muß. Sie ähnelt einer Totenmaske, schließt eng ans Gesicht an. An der Stelle des Tumors ist ein Loch. Als ich sie zum erstenmal mit dieser Maske sehe, ist meine Unsicherheit vorüber. Ich liebe sie. Wie habe ich das je in Zweifel ziehen können?

Jetzt sieht sie nicht nur aus wie John Hurt in *The Elephant Man,* jetzt redet sie auch wie er.

Sobald die Krankenpfleger ihr die Maske anlegen, befällt sie eine panische Angst.

»Ich ersticke noch«, jammert sie, »ich ersticke.«

Bei jeder Bestrahlung fragt sie: »Die Schwellung kann doch nicht platzen? Davon habe ich nämlich geträumt.«

Die Krankenpfleger versuchen sie zu beruhigen, doch das Schreckgespenst läßt sie nicht los.

»Ich träumte, daß die Wunde so tief war, daß man durch sie nach innen sehen konnte. Alle ekelten sich davor. Und wissen Sie«, sagte sie leise, »ich will *nicht*, daß sie sich vor mir ekeln.«

Hinterher kommt sie erschöpft nach Hause. Sie schläft bis zum Abendessen.

Nachts schmiegt sie sich an meine Brust. Trotz des ständigen Summens von zwei Ventilatoren bleibt die Luft lau und schlaff. Nachbarn feiern ein Gartenfest. Aus dem Dunkel erklingt laute Musik, die uns nicht stört, uns nichts angeht.

»Ich hatte noch so viele Pläne«, sagt Bette.

»Was hattest du denn alles vor?«

»Alles Mögliche«, sagt sie nachdenklich, »eine Ballonfahrt machen, Klavierstunden nehmen, ein Fernrohr kaufen. Daraus wird nun nichts mehr.«

Bette liebt die Sterne. Sie besitzt einen Sternenatlas, und jedes Jahr schickt der Sternkundeverein ihr einen astronomischen Kalender. Darauf stehen Angaben zu den Positionen der Planeten, ihren Konjunktionen mit dem Mond, ihren Bahnen um die Sonne, ihrem kürzesten Abstand zur Erde und also zu Bette selbst. Jeder Kalender enthält Übersichten, Tabellen und Himmelskarten, auf denen die hellsten Sterne abgebildet sind.

Mit der gleichen Mühelosigkeit, mit der ihre Freundinnen sich über Parfum von Chanel oder Dior oder über Apfeltortenrezepte unterhalten, spricht Bette über den Mond im aufsteigenden und absteigenden Knoten oder über den zentralen Meridian des Jupiters. Bevor sie krank wurde, notierte sie sich in einem schmalen, grau marmorierten Tagebuch auch ihre persönlichen Wahrnehmungen am Himmel. Bei klarem Wetter saß sie regelmäßig im Park hinter dem Haus und starrte nach oben. Sie benutzte den Feldstecher meines Vaters. Zur Anschaffung eines Teleskops hat sie sich nie entschlossen, dazu war sie zu bescheiden. Wir machten uns auch ein wenig lustig über ihre nächtlichen Eskapaden. Vor allem mein Vater, denn der konnte es nicht ausstehen, mitten in der Nacht neben ihrem leeren Bett aufzuwachen. Warum blieb seine Frau nicht liegen? Die streunte einfach mutterseelenallein durch den Park, noch dazu auf solchen Beinen, und der Himmel weiß, welche zwielichtigen Gestalten aus dem Gestrüpp nach ihr schielten, während sie für nichts anderes ein Auge hatte als für die Elongation des Merkurs. Eine Zeitlang begleitete er sie ritterlich, doch er teilte ihre Passion für das Firmament nicht. Immer öfter saß er wippend neben ihr oder stiefelte ungeduldig seufzend um ihre Bank herum. Schließlich überließ er sie ihrem Schicksal: Sie mußte selber wissen, was daraus wurde.

»Wir könnten ihr ein Teleskop schenken«, sage ich anderntags zu David. Bette hat nämlich fast Geburtstag, am achten Tag des achten Monats.

»Aber davon hat sie doch nichts mehr,« sagt er.

»Natürlich hat sie etwas davon, und wenn sie nur fünf Minuten durchguckt.«

»Und wie stellst du dir das vor? Siehst du uns

schon vor dir, wie wir sie bei Nacht und Nebel herumschleppen? Auf einer Bank kann sie nicht mehr sitzen.«

»Ich habe es mir ganz genau überlegt«, sage ich. »Wir bringen sie im Rollstuhl in den Park. Und dort steht ein Bett für sie bereit.«

Er kneift die Augen zu Schlitzen zusammen.

»Ein Bett«, sagt er, »hm.«

»Ein gemachtes Bett«, fahre ich fort, »so daß sie bequem schauen kann. August ist eine günstige Zeit, da wimmelt es von Meteoren.«

»Eigentlich wollte ich ihr Rosen schenken«, sagt er noch zögernd.

»Rosen schenken wir ihr auch. Siebzig Rosen zum Frühstück.«

»Na, denn man los«, sagt David.

Wenige Tage später fahren wir zusammen zu einem Geschäft für optische Instrumente in Antwerpen. Das Angebot an Teleskopen ist größer, als wir gedacht hatten. Es gibt Teleskope für Anfänger und für Fortgeschrittene, mit und ohne Spiegel, mit Mondfilter oder Polarsternsucher, es gibt welche mit Handbedienung und computergesteuerte.

Wir wählen einen Apparat, der den Himmel zweiundsiebzigmal vergrößert.

»Ob das reicht?« frage ich.

»Mit diesem Fernglas«, sagt der Ladeninhaber, »kann man ein Stäubchen in Gottes Auge sehen.«

An einem Sonntagnachmittag erscheint Wolf unerwartet auf dem Gartenweg. Er trägt einen Säugling auf dem Arm; zwei Knirpse hängen an seinen Hosenbeinen. Das sind die Kinder aus seiner dritten Ehe. Der Sohn aus seiner zweiten, ein magerer, verpickelter Junge, erscheint kurz darauf auch, mit einem Ball, den er vor sich her kickt.

Wolf gibt sich charmant.

»Er kann es sich erlauben«, sage ich leise zu David. »Er kommt, wie man so sagt, *zu Besuch.* Was weiß er von unseren Problemen? Er ist Zuschauer, sonst nichts.«

Doch davon will David nichts hören.

»Jeder tut, was in seinen Möglichkeiten liegt«, sagt er. »Das gilt für dich und mich, doch das gilt auch für Wolf.«

Als Wolf zwei Tassen Kaffee getrunken hat, fängt er an zu gähnen.

»Ach Junge«, sagt Bette, »bist du so müde?«

Wolf seufzt und streicht sich über das Gesicht. »Ich habe die ganze Woche ziemlich gearbeitet, ich kann einfach die Augen nicht mehr aufhalten.«

»Dann leg dich doch einen Moment hin«, sagt sie.

Er knüpft sich die Schuhe auf und geht auf Socken aus dem Zimmer. In der Tür dreht er sich um. Er drückt die Hände an den Brustkorb.

»Letzte Zeit spüre ich so ein Stechen«, sagt er, »hier, in der Nähe des Herzens. Vielleicht sollte ich ein Kardiogramm machen lassen.«

Als Wolf sich ins Gästezimmer zurückgezogen hat, fühlt auch Bette sich müde. David und ich nehmen die Kinder in den Park mit.

»Nun kommt er endlich mal vorbei«, zische ich David zu, »und dann legt er sich hin und schläft!«

David zuckt die Achseln.

»Bette freut sich doch darüber«, sagt er. »Was für Bette gut genug ist, ist auch für mich gut genug.«

Die Bestrahlung ist vorüber. Siebenmal wurde Bette behandelt, ihr Mund ist innen und außen verbrannt, doch der Tumor will nicht weggehen. Er ist entschlossen zu bleiben und vergrößert sein Territorium zusehends. Rot vor Triumph und glänzend vor Schadenfreude setzt er seinen Feldzug fort. Zentimeter für Zentimeter rückt er in ihrem Gesicht vor. Er lacht sich ins Fäustchen, denn unterwegs gibt es überraschend viel zu zerstören. Zum Teufel mit diesem Kinn! Nichts wie ran an diese süßen Lippen! Die Nase kann noch schiefer, noch dikker werden! Die Geißel darüber, die Geißel!

Zum Glück hat sie ihre Haare noch. Schwarz und üppig umrahmen sie ihr Gesicht, das entstellt in den Kissen liegt. Sie ißt jetzt nur noch Brei: Mehlbrei und Getreidebrei, Brei mit Reis oder Zwieback. Geduldig läßt sie sich von mir füttern. Benommen, wie sie ist vom Fieber und dem Morphium, schließt sie immer öfter die Augen. Doch wenn ich ihr das Buch, das sie in Händen hält, wegnehmen will, schnappen ihre Finger wie eine Klammer zu.

»Nicht, Liebes«, murmelt sie träge.

Ihre Stimme kommt von weit her, sie ist schon fast eingeschlafen.

Dann wendet sie mir das Gesicht zu.

»Du darfst mein Buch nie weglegen«, sagt sie mit schwerer Zunge.

»Es tut mir leid, ich dachte, du schläfst.«

»Ohne Buch kann ich nicht schlafen«, sagt sie, »meine Augen sind zwar zu, aber die Worte wehen herein.«

»Das erspart dir eine Menge Mühe«, sage ich und drücke ihr das Buch noch fester in die Hand.

Ein Lächeln spielt um ihren schiefen Mund. Ihr Blick wird wieder trübe.

»Ich weiß, was ich tue«, brummelt sie.

Sie macht sich Gedanken über ihren Geburtstag.

»Ob ich es noch schaffe?« fragt sie uns ständig. Als ob mit siebzig sterben so viel besser sei als mit neunundsechzig.

Wir sind genauso gespannt wie sie. David hat im nahe gelegenen Altersheim ein hohes, fahrbares Bett organisiert, das nachmittags gebracht werden soll. Zuerst nahm man ihn nicht ernst. Ein Bett, das im Park abgegeben werden soll? Für eine Todkranke, die nachts im Liegen die Sterne betrachtet?

Wir spähen ängstlich zum Himmel und lesen die Wettervorhersagen.

»Wenn es nur kein Gewitter gibt«, sagt David. »Die Hitze hält schon so lange an.«

Am Morgen ihres Geburtstags ist der Himmel immer noch wolkenlos. Bette besteht darauf, ihre Gäste im Wohnzimmer zu empfangen. Tagelang hat sie darüber nachgedacht, was sie anziehen soll. Die blauseidene Bluse? Nein, blau macht ihr Gesicht noch blasser. Das aprikosenfarbene Jäckchen? Nein, das betont die Röte der Geschwulst. Ihre erste Wahl muß die richtige sein, denn zweimal Anziehen ist zu anstrengend.

Das weiße Kleid, in das sie sich schließlich von mir helfen läßt, schmeichelt ihr genausowenig. Mager wie Insektenbeine schauen ihre Arme aus den halblangen Ärmeln hervor.

»Frankensteins Braut«, brummt sie, als ich ihr den Spiegel vorhalte.

»Kopf hoch«, sage ich, während ich ihr das Haar bürste. »Du siehst immer noch besser aus als eine Menge anderer Frauen in deinem Alter.«

Ich nenne die Namen einiger Damen, die gleich zu Besuch kommen.

Bette stößt einen Seufzer aus.

»Und doch würde ich nur allzu gerne mit ihnen tauschen!«

»Weil sie dich überleben?«

Sie nickt.

»Würdest du Martha sein wollen?«

»Sogar Martha.«

Martha, die Nachbarin von oben, sieht aus wie ein Nilpferd. Sie ist blond und aufgeschwemmt. Ich habe immer noch nicht entdecken können, wo ihr Doppelkinn aufhört und ihr Busen beginnt.

»Das meinst du nicht ernst. Du würdest nie wie Martha leben wollen.«

»Wenn es der Preis dafür wäre, daß ich achtzig würde?« sagt Bette. »Ich täte es sofort.«

»Auch rückwirkend?« frage ich. »Denn um mit achtzig Martha zu sein, mußt du natürlich auch mit sechzehn Martha gewesen sein. Stell dir das mal vor. Kein Junge will etwas von dir wissen. Zum Tanzen bist du zu dick.«

»Dann würde ich mich einfach hinsetzen und lesen.«

»Was würdest du lesen?«

»Was hab ich gelesen, als ich sechzehn war? Louis Couperus, Hermann Hesse.«

»Martha liest nur Kochbücher und Kreuzstichmuster.«

»Das ist nicht fair«, sagt Bette. »Ich würde mich zu Tode langweilen.«

»Tja«, sage ich, »entweder man ist Martha oder man ist es nicht.«

Wegen der Brandblasen auf dem Mund kann sie sich die Lippen nicht schminken. Den Tumor pudert sie aber geraume Zeit. Doch wenig später schon verdunkelt er ihr Gesicht wieder wie Schimmel, der sich an einer feuchten Mauer bildet.

Sie hat sich umsonst aufgeregt. Die Gäste beachten sie kaum. Immer schmaler und stiller wirkt sie, während die Gesellschaft sich leidenschaftlich über lebenswichtige Angelegenheiten unterhält.

»Wie gefällt dir deine neue Diät?«

»Einfach großartig, außer Kohlehydraten darf ich alles essen. Morgens zum Frühstück nehme ich hundert Gramm Käse und einen Becher Joghurt, mittags Rauchfleisch mit Gurken, und abends esse ich ein Beefsteak mit einem Riesensalat.«

»Wie kannst du denn damit abnehmen?«

»Das verstehe ich auch nicht, aber es funktioniert. Ich esse sogar Mayonnaise. Und Weißwein darf ich auch trinken.«

Während des ganzen Besuchs hält Bette sich tapfer aufrecht in ihrem Sessel. Doch sobald der letzte Gast gegangen ist, bricht sie vor Erschöpfung in Tränen aus. Wir bringen sie in ihr Bett zurück. Sie hat hohes Fieber.

»Es war zuviel für sie«, sagt die Krankenschwester. »Jetzt braucht sie wieder Tage, bis sie sich ein wenig erholt hat.«

Mittags wird das Bett im Park abgeliefert. Wir stellen es nicht allzu weit vom Weg hin, mit dem Fußende zum Teich. Ich richte es festlich her, obwohl es zweifelhaft ist, ob Bettes Fieber noch vor Einbruch der Nacht sinken wird.

David befestigt das Teleskop auf dem Holzstativ, stellt die Höhe ein und schiebt die Beine heraus. Er legt sich aufs Bett und schaut durch die Linse, er springt auf den Boden und bastelt weiter.

Gegen Abend ruft Wolf an, der tags zuvor mit seiner Familie in ein Ferienhaus in der Nähe von Bordeaux gefahren ist.

»Das Wetter ist prächtig!« ruft er aus. »Morgen machen wir einen Segelflug über der Dordogne.«

Er möchte seiner Mutter gratulieren, doch die hat zu hohes Fieber, um seine Glückwünsche entgegenzunehmen. Sie liegt mit Schüttelfrost im Bett und phantasiert.

»Sie wird doch nicht sterben?« flüstere ich David zu. »Das darf sie nicht, sie muß erst noch durch das Teleskop sehen.«

Er seufzt düster auf: »Die Sterne sehen und sterben.«

»Was machen wir jetzt mit dem Bett?«

»Ich werfe eine Plastikplane drüber«, sagt er. »Wir geben den Mut nicht auf.«

Erst vier Tage später sinkt das Fieber.

»An eurer Stelle«, sagt die Krankenschwester, »würde ich das ganze Getue vergessen. Sie kriegt nichts mehr davon mit.«

Aber ich ziehe die Plane vom gemieteten Bett, David holt das Teleskop aus dem Schuppen, und gemeinsam hoffen wir das Beste. Gegen Mitternacht bringen wir Bette hinaus. Sie nickt immer wieder ein in ihrem Rollstuhl und nimmt kaum wahr, was geschieht. Wie ein Gegenstand läßt sie sich von uns fortbewegen. Wir brauchen nicht weit zu gehen, der Park grenzt unmittelbar an den Garten. Aber sobald David sie aufs Bett gelegt hat, sinkt sie in tiefen Schlaf.

Stumpfsinnig stehen wir im Gras. Das Dorf um

uns herum verhält sich still. Die Grillen zirpen rhythmisch, und ab und zu quakt eine Ente. Wir lauschen Bettes schweren Atemzügen, die immer wieder stocken und dann schnarrend wieder in Gang kommen. Wie unscheinbar sie wirkt unter freiem Himmel! Erst jetzt sehen wir, wie wenig die Krankheit von ihrem Körper übriggelassen hat.

»Nachher wacht sie schon auf«, sagt David.

»Sie muß noch Pillen schlucken«, sage ich.

Unsere Stimmen klingen hohl, ebenso hohl wie Andrieskes Stimme im Bus auf dem Weg zur Psychiatrie.

»Sie wird nicht ewig schlafen«, fügt David noch hinzu.

Aber heute nacht spricht der Schein auffällig gegen ihn. Es ist, als nehme ihr Tod hier seinen Anfang. Es ist, als könne dieses schmale Bett jeden Moment absegeln und Kurs nehmen auf den Zenit, vor dem Bug nichts als die Sterne.

Gegen halb zwei ruft sie meinen Namen. David und ich springen gleichzeitig aus dem Gras auf, in das wir uns gelegt hatten.

Mit der Hand greift sie in die Luft.

»Bitte mach die Lampe an«, murmelt sie, »ich kann den Schalter nicht finden.«

»Du bist im Park«, erklären wir ihr. »Du bekommst ein Teleskop zum Geburtstag.«

»Ach ja, ich habe Geburtstag«, sagt sie. »Ist der Besuch schon nach Hause gegangen?«

»Der Besuch ist nach Hause gegangen. Und wir sind draußen, weil wir die Sterne sehen wollen.«

»Isti mirantur stella«, brummt sie.

Fast nickt sie wieder ein, doch wir geben ihr Wasser zu trinken. Ich schiebe ihr die Kissen tief unter die Schulterblätter. David stellt das Bild scharf ein und dreht das Rohr des Fernglases zu ihr hin. Kaum hat das Metall ihre Wange berührt, da wird sie mit einem Schock hellwach.

»Sind wir im Krankenhaus?« fragt sie. »Wollen sie mich wieder bestrahlen?«

In Panik betastet sie ihr Gesicht.

»Muß ich die Maske nicht aufsetzen?«

»Nein«, sagt David, »wir sind im Park. Hier strahlen nur die Sterne.«

Endlich hat er die Linse dann doch so manövriert, daß Bette den Himmel sehen kann.

»Die Perseiden«, seufzt sie, »ein ganzer Schwarm auch noch.«

Am östlichen Himmel flitzen Meteore. Märchenhaft, wie Leuchtraketen, schießen sie einer nach dem anderen von ihren Plätzen.

»Kassiopeia, Andromeda.«

Sie redet mit sich selbst.

»Da ist der Walfisch«, sagt sie, »und das muß Mira sein. Die habe ich noch nie so hell gesehen.«

»Und der Löwe?« fragt David. »Wo ist der Löwe?«

In diesem Zeichen ist Bette nämlich geboren.

Er richtet das Rohr erst in die Höhe und dann nach rechts.

»Der Löwe ist weg«, sagt Bette, »der ist in der anderen Hemisphäre.«

»Hätte er nicht einen Moment warten können?« sagt David.

»Wer?« fragt sie schläfrig.

»Der Löwe.«

»Wartet er? Ich kenne keinen Herrn Löw.«

Die Augen fallen ihr wieder zu.

»Sag ihm, daß ich nicht kommen kann. All meine Schuhe sind mir zu klein. Es ist so spät, ich bin müde.«

Noch bevor sie einschlafen kann, hebt David sie in den Rollstuhl.

»Nicht, nicht.« Sie beginnt kläglich zu weinen. »Es ist viel zu spät, ich will nicht. Ich hab meine Maske nicht auf.«

»Nur ruhig, es ist ja nicht nötig«, sagt David. »Du brauchst nirgendwo hin, ich bringe dich nach Hause.«

Er schiebt den Rollstuhl schnell über das Gras.

»Nicht«, fleht Bette, »bitte.«

Sie sinkt schräg vornüber und schluchzt laut auf: »Ich bin so müde, so müde!«

Um zwei Uhr ist alles wieder beim alten. Bette liegt in ihrem eigenen Bett. David und ich sitzen in der Küche.

»Ich habe ihre Medikamente vergessen«, sage ich. »Soll ich sie noch mal wecken?«

Er schüttelt den Kopf.

»Laß sie um Himmels willen schlafen.«

»Sie muß sie heute nacht noch einnehmen.«

»Ich weiß, aber nicht jetzt.«

Die Tür zum Garten steht offen. Ein Nachtfalter flattert gegen die Lampe. David steht auf und stiefelt ruhelos durch die Küche. Er steckt die Hände in die Hosentaschen und nimmt sie wieder heraus. Seufzend geht er auf und ab.

»Warum sitzt du hier noch herum?« knurrt er plötzlich. »Warum gehst du nicht ins Bett?«

»Gibst du ihr dann nachher die Pillen?« frage ich.

»Verdammte Scheiße«, sagt er. »Verdammte Scheiße.«

Er schlingt die Arme um den Leib. Sein Gesicht sieht grau aus, er beißt die Zähne zusammen.

»Was ist los?« frage ich. »Hast du Bauchschmerzen?«

Aber er hat keine Bauchschmerzen, er weint.

Ich kann mich nicht erinnern, David je weinen gesehen zu haben, auch nicht, als wir klein waren. Seine Tränen sind von einer anderen Größenordnung als die meinen, die kommen und gehen wie Ebbe und Flut. Sein Kummer ist ehrfurchtgebietend und untröstlich. Soll ich etwas zu ihm sagen? Ich wüßte nicht was. Retten läßt sich sowieso nichts mehr. Bette wird sterben, das steht jetzt wohl fest. In diesem Haus werden Fremde wohnen. Das Dorf wird zu einem Namen auf der Landkarte werden. Ich blicke nach oben, zu dem Falter, der mit angelegten Flügeln über die Lampe wankt. Wenn nur alles schon vorbei wäre: Davids Schluchzen, der Kampf mit dem Engel, das Warten auf Godot.

Hundemüde erreiche ich Amsterdam zu einer Verschnaufpause von drei Tagen. Hier, wo ich mir meine Zeit völlig selbst einteilen kann, müßte ich mich entspannen. Aber sobald ich den Mut habe, mich hinzusetzen, werde ich von Gefühlen überfallen, die ich dort verdrängt hatte. Die Panik, die ich nicht spüren durfte, die Wut, die ich verbiß, die Verzweiflung, die unauffällig wuchs, sie alle holen mich ein. Es ist wahr, daß ich in dem Dorf keine Ruhe habe. Aber in Amsterdam habe ich kein Leben. Ziellos gehe ich von einem Zimmer ins andere. Wie es Bette heute wohl gehen mag? Und ob David den Rasen wohl sprengt, wie ich es ihm ans Herz gelegt habe?

»David, du vergißt doch den Rasen nicht?«

»Mußt du mich deshalb anrufen? Ich vergesse ihn nicht.«

»Und denkst du an die Pflanzen auf der Terrasse?«

»Die sprenge ich auch.«

»Nein, dann werden die Blüten naß und verbrennen in der Sonne. Du darfst nur den Wurzelstock begießen.«

»Gut, ich begieße den Wurzelstock.«

»Wie geht es Bette?«

»Sie schläft. Wir schaffen es wirklich ohne dich. Warum machst du nicht was Lustiges?«

»Ich wüßte nicht, was.«

»Geh ins Kino«, sagt David, »oder in ein Konzert. Schalte ab, und denk an etwas anderes.«

Ich stehe am Fenster und blicke auf die Geschäftigkeit hinunter. Was habe ich auf der Straße zu suchen? Am liebsten würde ich ein paar Stunden jäten, blindlings jäten in Bettes Garten.

Nachts kann ich nicht schlafen. Ich liege auf dem Rücken und horche. Ist Bette jetzt auch wach? Und wenn sie jammert, nimmt David sie dann in seine Arme? Singt er ihr Lieder und liest er ihr vor, genau wie ich? David singt nicht gern, schon im Kindergarten konnte er Singen nicht ausstehen. Und Bücher liest er selten. Er kennt auch die Stellen nicht, die Bette gern hört und die sie beruhigen. Traut sie sich vor David überhaupt zu weinen? Ich frage es mich, ich frage es mich ernstlich.

Am nächsten Morgen beschließe ich, meine Wohnung zu weißen. Ich mache die Wohnzimmerwände frei, decke die Möbel mit einer Plane ab und miete ein Gerüst. In tropischer Sommerhitze streiche ich die hohe Stuckdecke. Dabei brauche ich an nichts zu denken. Der einzige Widerstand, auf den ich stoße, ist leicht zu überwinden: Solange ich die Hand nur bewege, unterwirft sich die Farbe von selbst dem Pinsel. In einem Hemd und kurzer Hose stehe ich unbekümmert auf meinem Gerüst. Ich habe abgeschaltet.

Als es soweit ist, daß ich wieder ins Dorf fahren muß, fehlt mir der Mut. Ich kaufe noch mehr Farbe und nehme die Wände in Angriff. Die Abfahrt schiebe ich immer wieder hinaus. Unten, in der Tiefe, läutet das Telefon. Aus dem Anrufbeantworter klingen Stimmen, doch ich fühle mich nicht angesprochen. Nur für Davids Stimme klettere ich widerwillig herunter.

»Also auf dich brauche ich nicht mehr zu zählen?« fragt er ungeduldig.

»Jawohl, nein, ich weiß es nicht.«

»Du weißt es nicht?«

»Nein.«

»Damit kann ich nichts anfangen. Du bist schon seit zehn Tagen nicht mehr dagewesen.«

»Ich weiße meine Wände.«

»Darf ich dich einplanen oder nicht?«

»Das hängt davon ab«, sage ich, während ich mir getrocknete Farbspritzer vom Oberarm kratze.

»Wovon?«

»Es muß noch soviel geschehen. Ich habe eine neue Couch gekauft. Die wird morgen gebracht. Ich bekomme auch neue Gardinen und Bücherregale aus Kirschholz.«

»Deine Regale und deine Wände sind mir schnuppe. Kommst du, oder kommst du nicht?«

»Nächste Woche vielleicht.«

»Was für ein Zustand«, sagt er gereizt. »Meine Mutter ist sterbenskrank, mein Bruder ist im Urlaub, und meine Schwester ist verrückt geworden.«

Ich kratze mir Farbe von den Beinen.

»Bist du noch da?« ruft er. »Ich verstehe wirklich nichts mehr.«

»Ich kann einfach nicht kommen«, sage ich. »Das Wasser ist viel zu tief.«

»Welches Wasser? Wovon redest du?«

»Es waren zwei Königskinder, die hatten einander so lieb.«

»Ach, *das* Wasser.«

»Ich will ja zu Bette hin, aber ich kann nicht mehr in den Zug hinein, ich kann den Bus nicht mehr nehmen.«

»Wenn du es später nur nicht bereust.«

»Das Wasser«, sage ich, »ist zu tief.«

Eine Woche später meldet er sich wieder.

»Hier David. Ich rufe aus einer Telefonzelle an.«

»Wie bitte? Wo bist du?«

»Das weiß ich nicht, bei dir um die Ecke.«

»In Amsterdam?«

»Das will ich hoffen. Wenn dies Brüssel ist, dann stimmt mit meinem Auto etwas nicht.«

»Und jetzt hattest du sicher vor, zu kommen?« frage ich.

»Das war schon meine Absicht.«

»Es ist hier ein großes Durcheinander«, sage ich.

»Streichst du immer noch?«

»Nein, ich stelle alles um. Das Bett kommt ins Arbeitszimmer, der Schreibtisch ins Wohnzimmer, und essen werde ich fortan in der Küche. Auf diese Weise habe ich ein Zimmer übrig.«

»Und was machst du damit?«

»Das muß ich mir noch überlegen.«

»Dann hast du sicher keine Zeit, mit mir irgendwo Kaffee zu trinken.«

»Wenn es nicht zu lange dauert«, sage ich.

Doch wir gehen gar keinen Kaffee trinken. Sobald ich neben David im Auto sitze, fährt er Richtung Autobahn.

»Bringst du mich zu Bette?« frage ich, als wir die Stadt verlassen.

Er nickt. »Es ist höchste Zeit. Nicht mehr lange, und man kann kein Gespräch mehr mit ihr führen.«

»Geht es so schnell bergab?«

»Die Krankenschwestern meinen, daß der Tumor das Gehirn erreicht hat. Ab und zu, wenn sie müde wird, redet sie wirres Zeug. Sie stellt immer noch Einkaufszettel zusammen, doch ich kann nicht mehr schlau aus ihnen werden.«

Er stöbert im Handschuhfach.

»Schau dir das an«, sagt er und hält mir einen Zettel hin.

Er sieht beschrieben aus, aber bei genauerer Betrachtung ist jedes Wort nicht mehr als eine gezackte Linie mit einem Schnörkel hier und da. So machen es kleine Kinder, die den Anschein erwecken wollen, als könnten sie schreiben. Voller Abscheu betrachte ich das Papier. Stammt dieses alberne Geschmiere von einer Frau, die über fünfzig Jahre nach ihrer Schulzeit noch fast mühelos Homer und Vergil übersetzte? Die Tränen schießen mir in die Augen. Doch David zeigt mit dem Finger auf etwas. Mitten in dem Gekritzel steht in deutlichen Buchstaben nicht weniger als zweimal mein Name.

»Da mußte ich dich doch wohl holen«, sagt er und zwinkert mir zu. »Du bist der einzige Wunsch auf dem Zettel, den ich entziffern konnte.«

Viel später erst, als wir das Dorf schon beinahe erreicht haben, sagt er: »Sie will dir heute ihren Schmuck schenken.«

»Bette? Mir? Ich trage doch nie Schmuck.«

»Das weiß ich. Und sie weiß es auch.«

Er sieht mich von der Seite an.

»Sie redet schon die ganze Woche davon«, sagt er mit Nachdruck. »Für sie ist es etwas Feierliches. Eine Art, Abschied zu nehmen. Abschied von ihrer Tochter.«

Ich stöhne unglücklich auf. Was bin ich eigentlich für eine Tochter? Während Bette meinen Namen auf ihren Einkaufszettel kritzelte, stand ich auf meinem Gerüst und dachte keinen Augenblick an sie.

Sie ist noch magerer geworden. Einen Schal um die Schultern geschlungen, sitzt sie im Bett.

»Tag, Liebes«, sagt sie, als ich hereinkomme.

»Tag, Mama, da bin ich wieder.«

Ich suche nach einer Stelle in ihrem Gesicht, auf die ich meine Lippen drücken kann, doch der Tumor ist überall. Sie preßt mich verzweifelt an sich.

»Ich dachte, ich hätte dich verloren«, flüstert sie.

»Ich konnte dich nicht mehr erreichen, die Verbindung war unterbrochen.«

Es ist Anfang September. Die größte Hitze ist vorüber, die Fenster sind geschlossen. Mutlos sehe ich hinaus. Der Garten liegt verwahrlost da. Die Blumenbeete sind größtenteils verdorrt. Das Gras hat die Farbe von Heu angenommen. Tiefe Risse ziehen sich durch den Boden, als hätte während meiner Abwesenheit ein Erdrutsch stattgefunden.

»Wir haben so sehr auf dich gewartet«, sagt Bette.

Sie spricht schleppend, mit Unterbrechungen.

»Der Garten«, sagt sie, »und ich.«

Hinter den Büchern holt sie eine Schachtel hervor, die sie sich auf den Schoß stellt.

»Komm mal her zu mir«, sagt sie, während sie den Deckel abnimmt. »Ich will dir meinen Schmuck geben. Nachher ist es vielleicht zu spät.«

Steif sitze ich auf dem Bettrand.

»Jedes Schmuckstück hat seine eigene Geschichte«, sagt sie und fängt an zu erzählen. Es sind Armreife da und Ringe, glatte Steine und Kameen. Bald hält sie eine Halskette gegen das Licht, bald legt sie sich Ohrringe auf die Handfläche.

Als sie alle Schmuckstücke mit einer Geschichte und einer Gebrauchsanweisung versehen hat, streift sie den Ehering ab.

»Er gehörte meiner Mutter«, sagt sie langsam.

Beim Sprechen schnappt sie nach Luft. Ich muß mich anstrengen, um sie zu verstehen.

»Ihr Name und der deines Opas stehen darin. Dein Vater und ich, wir hatten damals kein Geld für einen Ring. Der Krieg war erst ein Jahr vorbei, und er hatte Tuberkulose. Doch das Datum in dem Ring stimmt, wir haben nämlich am gleichen Tag geheiratet wie sie.«

»Mit Absicht?« frage ich.

Sie nickt.

»Es ist kein schöner Ring. So grob und so altmodisch. Ich hätte ihn ändern lassen können, doch das habe ich nie gewollt. Es ist ungefähr das einzige, was ich von meinen Eltern habe. Ihre Gesichter habe ich längst vergessen. Nicht einmal an ihre Stimmen kann ich mich mehr erinnern.«

»Warum willst du ihn nicht selber anbehalten?«

»Nein, du sollst ihn haben«, sagt Bette bestimmt. »Er ist häßlich, doch es verlangt ja keiner von dir, daß du ihn trägst. Du brauchst ihn nur aufzubewahren.«

Sowie ich die Schmucksachen weggeräumt habe, fallen ihr die Augen zu.

»Magst du mir etwas vorlesen?« fragt sie. »Ich fürchte mich so vor dem Schlaf. Es hilft mir, wenn ich Stimmen höre.«

Sie drückt mir ein Buch in die Hände.

»Ich hatte angefangen, das Hohelied zu lesen. Aber es geht einfach nicht mehr, ich sehe nur noch halb, was da geschrieben steht.«

Ich nehme auf dem Stuhl neben ihrem Bett Platz und lese. Mein Sprechen klingt fast wie Singen.

Ich schlief, doch mein Herz war wach.
Horch! Mein Liebster klopft:
Mach mir auf, meine Schwester,
meine Freundin, meine Taube, mein alles.
Auftat ich meinem Liebsten,
doch mein Liebster war fort, verschwunden.
Ich suchte ihn, doch ich fand ihn nicht,
ich rief ihn, doch er antwortete mir nicht.
Ich beschwöre euch, ihr Töchter Jerusalems:
Wenn ihr meinen Liebsten findet,
was sollt ihr ihm sagen?
Daß ich krank vor Liebe bin!

So sitzen und Bette vorlesen. Ihr Kopf hängt schlaff vornüber. Dann und wann bricht durch den Tumor ein schiefes Lächeln.

Was ist denn dein Liebster vor andern,
Du Schönste unter den Frauen?
Was ist denn dein Liebster vor andern,
daß du uns so beschwörst?
Mein Liebster überragt Zehntausende,
sein Kopf ist pures Gold.
Seine Augen sind wie Tauben,
die sich verstecken in Felsennischen.
Sein Gaumen ist honigsüß,
alles an ihm weckt mein Verlangen.
So ist mein Liebster, so ist mein Freund,
ihr Töchter Jerusalems.

Sie nickt ein, doch ich wage nicht, das Buch beiseite zu legen. Ich lese den Text bis zum Schluß. Die Wörter rieseln sanft auf ihr zerstörtes Gesicht herab.

Trag mich wie einen Siegelring am Herzen,
wie einen Siegelring am Arm.
Denn stark wie der Tod ist die Liebe,
begierig wie das Totenreich die Leidenschaft,
mit Flammen, die Feuerflammen sind,
mit Flammen, die sind wie Blitze.

Gegen Ende des Nachmittags bringt David mich nach Amsterdam zurück. Wir fallen wieder in unsere Routine. Drei Tage, nachdem er mich entführt hat, reise ich wie eh und je mit dem Zug und dem Bus zum Dorf. Das Wetter ist plötzlich umgeschlagen. Es weht ein naßkalter Wind. Auf meiner Fahrt in den Süden fällt ein unablässiger Regen aus bleigrauem Himmel.

»Wie geht es heute?« frage ich die Krankenschwester, als ich hereinkomme.

»Gar nicht gut«, sagt sie. »Ich habe den Arzt schon zum zweitenmal kommen lassen. Er untersucht sie gerade.«

Ich gehe an ihr vorbei, doch sie hält mich fest.

»Geh lieber nicht hin!«

Sie hebt einen Stoß Wäsche von einem Stuhl, doch ich setze mich auf die Fensterbank. Es gießt immer noch. Ich lausche dem Singen des Wassers im Abflußrohr.

Dann erscheint der Hausarzt in der Tür. Er bleibt mit der Tasche in der Hand auf der Schwelle stehen.

Wir sehen ihn abwartend an.

»Tja«, sagt er zögernd, »tja.«

Er macht ein paar Schritte ins Zimmer und schiebt sich die Brille fester auf die Nase.

»Es sieht danach aus«, wendet er sich an mich, »als würde Ihre Mutter heute sterben.«

Es klingt schauerlich banal.

»Es wäre gut, scheint mir, wenn Sie Ihre Brüder benachrichtigten.«

Es dauert eine Weile, bis es mir gelingt, David und Wolf zu erreichen. Als ich danach zu Bette hereinkomme, ist sie schon seit einer Viertelstunde allein. Sie sitzt aufrecht in den Kissen. Ihre von der Geschwulst abgedämmten Tränen strömen schräg an ihren Schläfen herab. Sie spricht, als wäre ihr Mund mit Watte gefüllt.

»Meine Zeit«, sagt sie, »scheint denn doch gekommen zu sein.«

Ihr Blick ist stumpf, doch sie preßt immer noch ein Buch an die Brust.

Ich weiß nicht, was ich sagen soll. Ich sitze auf dem Bettrand und streichle sie unbeholfen.

»Was ist denn das? Trägst du den Ring?«

»Ja, und ich lege ihn nicht mehr ab.«

»Dank dir!«

Sie lacht mir jubelnd zu.

»O Liebes, dank dir!«

Ungestüm drückt sie die Hand mit dem Ring an ihre zerfransten Lippen.

Ihre Freude macht mich verlegen. Es stimmt schon, daß ich ihren Ring trage, doch ich habe nichts Feierliches dabei im Sinn. Er ist plump, und er läßt mich spüren, daß das, was schwer ist, auch schwer wiegen muß.

Es fröstelt sie in ihrem Schal. Ich höre, wie sie mit den Zähnen klappert.

»Halt mich fest«, sagt sie, »laß mich nicht gehen.«

Ich halte sie so fest ich kann. Ihre Wange lehnt an meiner.

»Hast du ihn noch gesehen?« fragt sie.

»Was sagst du? Wen?«

»Deinen Vater, unterwegs.«

»Nein, er war nicht da. Wahrscheinlich wegen des Regens.«

»Regnet es denn?«

»Ja, es regnet.«

»Gestern spürte ich seine Hand an meiner Hüfte. Er sagte mir: Gute Nacht. Ich erschrak, es war so echt. Aber es wird schon Einbildung gewesen sein.«

»Vielleicht«, sage ich, »man weiß es nicht.«

»Glaubst du, daß es ein Wiedersehen gibt?«

»Warum sollte es kein Wiedersehen geben?« sage ich leise. »Ich sehe ihn so oft, nicht nur im Wald, auch mitten in Amsterdam. Vor kurzem noch, auf der Weteringschans. Er sang das Lied von Lili Marleen.«

»Aber das geschieht doch nicht wirklich?« sagt sie. »Das denkst du dir doch aus.«

»Natürlich denke ich es mir aus. So ist es doch mit allem. Wenn man sich nichts ausdenkt, geschieht auch nichts. Für alles ist man selbst verantwortlich.«

»Machst du das später auch mit mir?« fragt sie. »Muß ich über die Weteringschans gehen und Lieder singen?«

»Ganz bestimmt, ich lasse dich nicht los«, sage ich, während ich sie an mich drücke. »Du weißt doch, was Slauerhoff schreibt? *Doch wenn es wahr ist, daß durch große Träume die tiefste Sehnsucht übertragen wird bis auf den fernsten Stern: dann werd ich kommen, dann komm ich jede Nacht zu dir.*«

So dasitzen, zum letzten Mal, mit Bette. Sie riecht nach Brei und Seife. Ich summe ein Wiegenlied. Das tue ich so lange, bis David ins Zimmer kommt. Er löst sie aus meinen Armen und legt sie zurück ins Bett.

»Ich komme zu spät«, sagt er bedrückt, »sie reagiert nicht mehr.«

Er räumt alle Bücher vom Bett, auch das einsame Buch auf ihrem Schoß.

Sie schläft ohne Vorbehalt, mit schamlos offenem Mund. Ihr Atem kommt in schweren Stößen. David legt sich neben sie, das Gesicht ihr zugewandt. Der Regen fällt auf das Haus herab.

Am frühen Abend läutet das Telefon.

»Hallo, ich bin's«, sagt Wolf munter. »Ich sitze im Auto, ich bin unterwegs. In einer knappen halben Stunde bin ich bei euch.«

Im Hintergrund ist Getobe zu vernehmen.

»Sind das die Kinder, die ich da höre?« will ich wissen.

»Ja!« Er tut sein Möglichstes, um den Radau zu übertönen. »Wir kommen alle zusammen.«

»Aber ich habe doch deutlich gesagt, daß ihr Zustand ernst ist.«

»Wieso ernst?« fragt er ärgerlich.

»Ach laß nur«, sage ich, »nichts.«

Doch als ich den Hörer aufgelegt habe, werde ich immer zorniger. Mein Herz klopft wie besessen. Im Flur stoße ich mit David zusammen. Die Krankenschwester hat die Wache bei Bette übernommen, damit er und ich etwas essen können.

»Ich habe keinen Appetit«, sage ich wütend. »Wolf ist auf dem Weg hierher, er rief gerade aus dem Auto an. Er hat die Kinder bei sich. Die schrien und tobten herum, als ob sie einen Ausflug in den Märchenpark machen würden.«

Ich rege mich fürchterlich auf.

»Er weiß, daß Mama im Sterben liegt, er weiß, daß es ernst ist. Aber er macht sich nichts daraus. Wieso ernst, sagt er zu mir. Ja, in der Tat, wieso? Wenn seine Kinder erst einmal um das Sterbebett ihrer Oma rollschuhfahren, kommt von selbst wieder Leben in die Bude!«

David nimmt mich in die Küche mit und schließt die Tür hinter uns.

»Ein Streit zwischen dir und Wolf«, sagt er, »ist wirklich das Allerletzte, worauf ich Lust habe.«

»Dieser gefühllose Scheißkerl kotzt mich an!« rufe ich aus.

»Wolf hat sehr wohl Gefühl«, sagt David, »nur hebt er es ängstlich für ganz seltene Momente auf, wie andere eine Flasche guten Weins für eine besondere Gelegenheit aufheben.«

»Wenn dem so ist«, sage ich höhnisch, »dann darf er den Korken mittlerweile schon mal ziehen. Wie besonders muß die Gelegenheit denn sein? In Gottes Namen, David, seine Mutter stirbt!«

David zuckt die Achseln.

»Ich habe mich vor Jahren damit abgefunden, daß er so ist. Ich erwarte nichts von Wolf. Darum enttäuscht er mich nie.«

»Schön ist das«, rufe ich aus. »Der eine legt seine Gefühle aufs Eis, der andere seine Erwartungen. Und ich, was soll ich machen?«

»Du gehst nach Hause«, sagt David. »Ich will hier jetzt keinen Krach.«

Im Handumdrehen hat er alles erledigt. Die diensthabende Krankenschwester wird mich nach Antwerpen bringen, wo ich den Zug nehmen kann. Danach bekommt sie frei. Zwei andere Krankenschwestern sind schon unterwegs, um mit ihm bei Bette zu wachen.

»Wolf ist ein Feigling«, sage ich zu ihm, während ich meine Jacke in das Köfferchen lege. »Er bringt die Kinder nur mit, damit er nach einer Stunde wieder gehen kann. Man stelle sich bloß vor, daß er bei seiner Mutter wachen müßte! Das will er um jeden Preis vermeiden!«

David seufzt, doch ich kann nicht genug bekommen.

»Als Papa jeden Moment sterben konnte, fuhr Wolf in aller Gemütsruhe ins Disneyland. Was hatte er dort zu suchen? War er etwa auf der Suche nach seinen Wurzeln?«

Ich mache das Köfferchen mit einem Knall zu.

»Du hast recht«, sagt David, »aber ich will jetzt nicht darüber reden, mir ist nicht danach.«

Ich betrachte ihn, wie er an der Wand lehnt und sich die Augen reibt. Armer David, er ist am Ende seiner Kräfte. Warum mache ich es ihm so schwer? Warum kann ich nicht wie er stoisch mit den Achseln zucken? Das Ende ist doch in Sicht? Aber gerade deshalb bin ich ja so giftig. Ist es zuviel verlangt von Wolf, daß er in der letzten Nacht, der allerletzten, Bette ein Sohn und uns ein Bruder sei?

»Komm«, sagt David, »du mußt von Mama Abschied nehmen.«

Wir gehen in ihr Zimmer. Seit Davids Ankunft ist sie nicht mehr aufgewacht. Sie schläft wie ein Kind, die Arme über dem Kopf und die Hände wehrlos geöffnet. Ohne die Bücher sieht das Bett leer und groß aus. Ihre Festung ist niedergerissen, der Tod braucht nur noch zuzugreifen.

»Mama«, sage ich leise und drücke das Gesicht in ihr Haar, »ich gehe heim. Ich hoffe, daß auch du eine gute Heimkehr hast.«

In diesem Augenblick beugt sich eine Krankenschwester über Bette. Sie ruft mit lauter Stimme.

»Es ist Ihre Tochter«, ruft sie, »Ihre Tochter kann nicht dableiben, Ihre Tochter geht!«

Bette hebt den Kopf ein wenig. Ein Schmunzeln spielt um ihren Mund, doch ihre Augen bleiben geschlossen.

»Mein Wunsch behüte dich unvermorscht«, sagt sie.

Dann versinkt sie wieder in abgrundtiefer Stille.

»Ich verpasse die Chance meines Lebens«, sagt die Krankenschwester, während wir im Auto nach Antwerpen fahren.

»Jetzt pflege ich Ihre Mutter schon vier Monate lang, doch Ihren ältesten Bruder habe ich noch nie gesehen. Und gerade jetzt, wo ich ihn endlich kennenlernen könnte, wird nichts daraus.«

Sie legt mir kurz die Hand aufs Knie.

Eine Stunde später bin ich auf dem Weg nach Amsterdam. Ich sitze allein in einem Abteil. Auch der Rest des Zuges scheint leer zu sein. Ich weiß nicht einmal mit Sicherheit, ob ich eigentlich selbst mitfahre. Wie ein Zombie starre ich in die Dunkelheit hinaus. Ich denke an alles und an nichts. Erleuchtete Wohnzimmer tauchen auf und verschwinden wieder. Hier und da läuft ein Fernseher, aber Leute sehe ich nicht. Es kommt auch keiner und fragt mich nach meiner Fahrkarte. Die Welt hält die Luft an, nur der Zug bewegt sich.

Bette stirbt am nächsten Morgen, an der Grenze zwischen Dunkelheit und Licht. In der Dämmerung ruft David an.

»Kommst du?« sagt er.

»Jetzt sofort? Lieber nicht.«

»Bist du sicher? Willst du sie nicht mehr sehen?«

»Das ist nicht meine Mutter, ein Tumor hat sie verschlungen.«

Das Begräbnis wird für den nächsten Vormittag bestimmt. Damit ich so früh zur Stelle sein kann, fahre ich noch am selben Abend los. Die Reise dauert unendlich lange. In der verlassenen Wohnung erwartet David mich.

»Findest du es nicht unheimlich, heute nacht hier zu bleiben?« fragt er. »Du kannst mit zu mir kommen, wenn du willst.«

»Nein«, sage ich, »nein, ich will lieber allein sein. Morgen sehe ich noch genug Leute.«

Zögernd läßt er mich zurück. Sobald die Tür ins Schloß gefallen ist, ziehe ich die Gardinen zu. Wie ein Mehlsack hocke ich auf einem Stuhl. Im Wohnzimmer ist Chaos ausgebrochen. Die Tischplatte ist unter einer Hügellandschaft von Papieren, Kaffeetassen und schmutzigen Gläsern verschwunden. Obenauf liegt Bettes Ausweis. Träge strecke ich die Hand danach aus, und träge falte ich ihn auf. Auf einem Foto von vor zehn Jahren blickt sie schräg an mir vorbei, mit leicht gekräuselten Mundwinkeln, in den Augen einen Anflug von Spott. Daneben stehen in Schreibmaschinenschrift ihr Name und Geburtsdatum. Geboren im achten Monat des Kalenders. Und im neunten auf immer verschollen.

Ich gehe in ihr Schlafzimmer. Das Bett ist abgezogen. Die Matratze schimmert mir wie neu entgegen. Die von ihren Bezügen befreiten Kissen liegen aufgestapelt am Fußende. Der Tisch, der monatelang von Pillenschachteln und Flaschen mit Quellwasser bevölkert war, ist leergeräumt und von einer feinen Lage Staub bedeckt.

Ich lasse mich auf ihre Seite des Bettes fallen. Von hier aus hat sie die letzten vier Monate die Welt, oder was davon übrig war, gesehen: ihr Zimmer, ein Stück vom Garten, ein paar Meter vom Flur, einen Teil meines Zimmers, das dem ihren gegenüberlag.

»Bette«, sage ich, »Bette.«

Meine Stimme klingt, als gehöre sie jemand anderm.

Mit angezogenen Knien und dem Ausweis in den Händen lausche ich dem Wind. Ein Blumentopf rollt über die Terrasse. Wenn David nur käme und mir sagte, ich müsse aufstehen. Er würde nicht wollen, daß ich so liegen bliebe. Er wüßte schon, was wir tun müssen. Draußen ist es dunkel geworden, und nirgends im Haus brennt Licht.

Wolf begrüßt mich mit einer Umarmung, die minutenlang dauert. Schluchzend drückt er mich an sich.

»Hältst du wieder eine Rede, wie bei Papas Tod?« flüstert er.

»Nein«, sage ich, »das Reden ist mir vergangen.«

Auch während des Begräbnisses vergießt er viele Tränen. Jetzt oder nie, muß er gedacht haben, er hat schließlich einen Tag freigenommen.

Zu dritt gehen wir hinter dem Sarg her. Doch in Wirklichkeit geht jeder von uns allein hinter einem Sarg her, der jeweils eine andere Mutter enthält. Eine ist Wolfs Mutter, eine die Davids, und eine ist meine. Ich kenne die ihre oberflächlich, sie kennen vage die meine. Wir tragen, jeder für sich, unsere separaten Mütter zu Grabe.

Ohne Zusammenhang und zum allerletzten Mal gehen wir hier. Mein Bündnis mit David besitzt nun keine Gültigkeit mehr. Und Wolf habe ich nie verstanden. Heute erweckt unsere Trauer noch den Anschein, als teilten wir den gleichen Verlust miteinander, doch morgen, vielleicht schon heute abend, werden wir wieder die Fremden, die wir seit zwanzig oder mehr Jahren füreinander gewesen sind. Es ist zweifelhaft, ob wir jemals unter demselben Dach geschlafen, an demselben Tisch gesessen haben. Dies ist das Ende einer Familie, die nie existiert hat.

Am späten Nachmittag bringt Wolf mich zum Bahnhof. Ich will im Auto Abschied nehmen, doch er steigt mit mir aus. Er reicht mir den Arm, und gemeinsam gehen wir die Treppe zum Bahnsteig hinauf.

Zu meiner Erleichterung steht der Zug nach Amsterdam schon da.

»Du mußt mal kommen«, ruft er, während ich aufs Trittbrett steige.

Als ich einen Platz gefunden habe, drehe ich das Fenster herunter. Doch darauf hat er nicht gewartet. Ich sehe noch, wie er mit großen Schritten in der Menge verschwindet.

Beim Einbruch der Dämmerung erreiche ich meine Wohnung. Ich werfe meinen Hut in einen Sessel, schleudere die Schuhe von mir und gehe zum Telefon. Mechanisch wähle ich Bettes Nummer. Noch bevor die Verbindung hergestellt ist, wird mir mein Irrtum bewußt. Dennoch horche ich gespannt, den Hörer nah am Ohr.

Hoffe ich, daß sie abnimmt?

Und dann was sagt?

»Tag, Liebes. Alles in Ordnung. Kannst du mir nicht die Briefe von Tschechow bestellen? Das dauert hier im Dorf eine Ewigkeit.«

Ich halte die Luft an.

Tut. Tut. Tut.

Es ist das einsamste Geräusch der Welt heute abend. Es zerreißt die Stille, mit der das Elternhaus versiegelt ist. Es verschafft sich Zugang zu den verlassenen Zimmern. Es jagt über das abgezogene Bett und prallt an den heruntergelassenen Fensterläden ab, hinter denen der Garten verwildert. Doch Bette kann es nicht mehr erreichen. Die ist unterwegs zu den Sternen, wo sie einst vor Anker gehen wird.

Inhalt

Carl Friedman

Vater

Erzählung

Aus dem Niederländischen von
Marlene Müller-Haas

120 Seiten
Band 1429
ISBN 3-7466-1429-5

Carl Friedmann erzählt von einer Familie mit drei heranwachsenden Kindern, für die der Zweite Weltkrieg immer noch andauert, denn der Vater »hat Lager«, wie andere Menschen Zahnschmerzen oder Fieber haben. »Lager haben«, diese sprachliche Wendung hilft den Kindern, das Unbegreifliche zu verstehen und Außenstehenden zu erklären, was der Vater von seiner Haft im Konzentrationslager erzählt.

AtV

Aufbau Taschenbuch Verlag

Helga Ruebsamen

Das Lied
und die Wahrheit
Roman

Aus dem Niederländischen
von Christiane Kuby

383 Seiten
Band 1472
ISBN 3-7466-1472-4

Helga Ruebsamen erzählt die Geschichte von der geheimnisvollen Reise des Mädchens Louise. Ohne zu ahnen warum, muß das Kind Indonesien, ein Land voll mythischem Zauber, in dem selbst Tiere und Bäume eine eigene, geheimnisvolle Sprache sprechen, verlassen. Die MS Garuda bringt sie fort aus diesem Paradies zur Familie der Großmutter nach Europa. In Paris und Den Haag erleben Louise und ihre Freundin Tinka die Eigentümlichkeiten der abendländischen Zivilisation und erfahren von ihren jüdischen Wurzeln. Dem schon bald beginnenden Krieg entkommt das Mädchen mit ihrem Vater im »Wasserland«, dank des Hausmädchens Aleida und dank ihrer Phantasie …

AtV
Aufbau Taschenbuch Verlag

Carina Burman

Die zehnte Göttin des Gesangs

Roman

Aus dem Schwedischen von Gisela Kosubek

432 Seiten
Band 1381
ISBN 3-7466-1381-7

Eine literarische Odyssee durch Bibliotheken und Geheimarchive Europas.

Uppsala 1909. Elisabet Gran – 25 Jahre alt, Dozentin der Literaturwissenschaft und einzige Frau an der Fakultät – geht mit ihrem Professor eine Wette ein. Gelingt es ihr, Lebenszeugnisse der Poetin Sophia Elisabeth Brenner, genannt die schwedische Sappho, aufzuspüren, liegt ihr die wissenschaftliche Welt zu Füßen. Bleibt Elisabet der Erfolg versagt, muß sie die Universitätskarriere an den Nagel hängen …

Im Gewand eines Detektivromans präsentiert uns Carina Burman ein spannendes literarisches Abenteuer um drei couragierte Frauen und einen Geheimbund.

AtV

Aufbau Taschenbuch Verlag

Dorrit Willumsen

Bang

Roman

Aus dem Dänischen
von Ursula Gunsilius

400 Seiten
Band 1381
ISBN 3-7466-1381-7

Beseelt vom Glauben an seine Berufung zum Schriftsteller, bereist Herman Bang (1857–1912) halb Europa. Sein erster Roman wird wegen pornographischen Inhalts konfisziert. Wegen seiner Homosexualität gerät er an jedem neuen Ort ins Visier der Polizei. Nach unendlichen Entbehrungen gelingt Bang in Paris endlich der literarische Durchbruch. Doch auf dem Höhepunkt seines Ruhms stirbt er 1912 im Zug nach San Francisco auf nie geklärte Weise …
Dorrit Willumsen läßt den Dichter wieder lebendig werden: ein Glas Champagner in der Hand, eine weiße Kamelie am Revers, extravagant gekleidet - und doch ein Leben lang gehetzt.

»Eine Liebeserklärung an Bang.« (FAZ)

AtV
Aufbau Taschenbuch Verlag

Brigitte Reimann

Franziska Linkerhand

Roman

639 Seiten
Band 1535
ISBN 3-7466-1535-6

Zehn Jahre schrieb Brigitte Reimann an diesem Roman über die lebenshungrige, kompromißlose, von einer Vision und einer Liebe besessene junge Architektin Franziska Linkerhand. Obwohl unvollendet, ist dies eines der wichtigsten und schönsten Bücher der deutschen Gegenwartsliteratur. Die ungekürzte Ausgabe liefert ein illusionsloses Bild der DDR der sechziger Jahre und zeigt eine freimütigere Franziska Linkerhand – so radikal wie ihre Autorin in den Tagebüchern.

»Ein aufregendes, aufwühlendes Buch.« *FAZ*

AtV

Aufbau Taschenbuch Verlag

Nino Filastò

Alptraum mit Signora
Ein Avvocato Scalzi Roman

Aus dem Italienischen
von Bianca Röhle

380 Seiten
Band 1600
ISBN 3-7466-1600-X

Florenz – lichte Stadt der Kunst und Stadt düsterer Geheimnisse. Zwei brutale Morde sind an Menschen geschehen, die einem Maler Modell gesessen haben. Wer ist dieser geniale Fälscher, der malt wie die Künstler des Quattrocento, der das antike Geheimnis ihrer Farben kennt, der ein lebendes Modell braucht – und der dieses Modell am Ende umbringt? Ein neuer, geradezu unheimlicher Fall für Avvocato Scalzi, bei dem ein weltberühmtes Bild des Renaissancemalers Paolo Uccello zur dramatischen Person wird.

»Ein erstklassiger Krimi, außergewöhnlich gut geschrieben, spannend, hintergründig, atmosphärisch dicht, voller Geschichte und Geschichten. Und … molto italiano.«

WDR

»Ein scharfsinnig komponierter Krimi, in dem alles lebensecht italienisch wirkt – die raffiniert gefälschten Bilder inbegriffen.«

Brigitte

AtV
Aufbau Taschenbuch Verlag

Fred Vargas

Es geht noch ein Zug von der Gare du Nord

Kriminalroman

Aus dem Französischen von Tobias Scheffel

212 Seiten
Band 1512
ISBN 3-7466-1512-7

Auf Pariser Bürgersteigen erscheinen über Nacht mysteriöse blaue Kreidekreise, darin liegt stets ein verlorener oder weggeworfener Gegenstand: ein Ohrring, eine Bierdose, ein Brillenglas, ein Joghurtbecher, ein Vogelbein, ein Kotelettknochen – und jedesmal ist der Satz dazugeschrieben: Victor, sieh dich vor, was treibst du jetzt noch vor dem Tor? Keiner hat den Zeichner je gesehen, die Presse amüsiert sich, niemand nimmt die Sache ernst. Niemand, außer dem neuen Kommissar im 5. Arrondissement, Jean-Baptiste Adamsberg, der sich mehr auf seine Eingebung denn auf Indizien verläßt. Und eines Nachts geschieht, was er befürchtet hat: es liegt ein toter Mensch im Kreidekreis.

»Dies ist … eine vielversprechende neue Stimme des europäischen Kriminalromans.«

Der Tagesspiegel, Berlin

»Wer Donna Leon liebt, wird Fred Vargas vergöttern.«

P. S., Zürich

AtV

Aufbau Taschenbuch Verlag

Pascal Bruckner

Diebe der Schönheit

Roman

Aus dem Französischen
von Michael Kleeberg

320 Seiten
Band 1598
ISBN 3-7466-1598-4

Benjamin und seine schöne junge Geliebte Hélène, auf der Rückfahrt von einem Skiurlaub in der Schweiz, suchen während eines Schneesturms Schutz in einem einsamen Chalet an der französischen Grenze. Sein Besitzer Jérôme Steiner empfängt sie mit großer Zuvorkommenheit, aber bald begreifen die beiden, daß die Gastfreundschaft des alten Beau trügerisch ist und sie in Wirklichkeit seine Gefangenen in dieser verschneiten Einöde sind. Und als Benjamin während einer vermeintlichen Abwesenheit der Besitzer die verschlossenen Kellergewölbe besichtigt, macht er eine grausige Entdeckung.

AtV

Aufbau Taschenbuch Verlag

Colette Davenat

Die Favoritin

Roman

Aus dem Französischen
von Christel Gersch

379 Seiten
Band 1650
ISBN 3-7466-1650-6

Im Reich der Inkas des 16. Jahrhunderts wächst ein junges Mädchen auf, eine Bauerntochter. Für ihre Schönheit wird sie an den Hof des herrschenden Inkas aufgenommen und in allen Künsten und Sitten ausgebildetet. Als Favoritin des regierenden Inkas gelangt sie zu Reichtum und Einfluß.

In ihrem spannenden historischen Roman erzählt Colette Davenat den dramatischen Untergang des Inkareichs im Kampf gegen die spanische Krone.

»Colette Davenats praller Historien-Schmöker ist voller farbiger Details über eine einstige Hochkultur.« *Brigitte*

»Colette Davenats brillanter historischer Roman erzählt die Geschichte einer stolzen, rebellischen Frau, die sich die Begierden der Männer für ihre tödliche Rache zunutze macht.«

Wochenkurier Heidelberg

AtV

Aufbau Taschenbuch Verlag

Guido Dieckmann

Die Poetin

Roman

Originalausgabe

297 Seiten
Band 1661
ISBN 3-7466-1661-1

Deutschland im Spätsommer 1819: Mit Frau und Tochter reist der Tuchhändler Joseph Schildesheim nach Heidelberg. Tochter Nanetta, frühreif und wissensdurstig, fällt es schwer, den Verlockungen der Heidelberger Altstadt zu widerstehen. Sie träumt davon, es ihrem Brieffreund Harry Heine gleichzutun und ihre Gefühle und Wünsche in Versen auszudrücken, statt als Jüdin ein zurückgezogenes, unauffälliges Leben zu führen. Heidelberg jedoch ist in Aufruhr. Nach dem Mordanschlag auf den Dichter Kotzebue im benachbarten Mannheim sehen die aufgebrachten Studenten nahezu in jedem Fremden einen Spion. Als Nanetta ein Treffen von Verschwörern belauscht, gerät sie plötzlich in den Verdacht, eine wichtige Depesche gestohlen zu haben. Nur einem besonnenen Studenten kann sie verdanken, daß sie nicht in Gefangenschaft gerät. Noch in derselben Nacht brechen in Heidelberg die ersten, blutigen Unruhen aus.

Ein Roman, der auf einer wahren Begebenheit beruht: die aufregende Geschichte der jungen, jüdischen Dichterin Nanetta Schildesheim.

AtV

Aufbau Taschenbuch Verlag

Philippa Gregory

Die Schwiegertochter

Roman

Aus dem Englischen
von Ulrike Seeberger

400 Seiten
Band 1649
ISBN 3-7466-1649-2

Elizabeth ist die perfekte Schwiegermutter. Nur leider hat ihr Sohn Patrick mit Ruth nicht die perfekte Schwiegertochter geheiratet. Was bleibt Elizabeth da weiter, als sich selbst um Patricks Wohlergehen zu kümmern, vor allem aber um das ihres kleinen Enkels Thomas. Für Ruth wird ihre tatkräftige, mehr als gut gemeinte Fürsorge bald zum Alptraum und schließlich zur offenen Bedrohung. Sie muß alle Kräfte aufbieten, um wieder zu sich selbst und zu ihrem Mann und Sohn zu finden.

»Ein Gänsehaut machendes Psychodrama.«

Journal für die Frau

»Ein brillant geschriebener Roman über den ganz alltäglichen Familien-Horror.«

Stuttgarter Nachrichten

»Eine psychologische Studie, nahe bei Patricia Highsmith und Fay Weldon angesiedelt.«

Ostthüringer Zeitung

AtV

Aufbau Taschenbuch Verlag